中国学生

美文鉴赏文库

‖ 成长路上的串串音符 ‖

Wuhan University Press
武汉大学出版社

图书在版编目(CIP)数据

成长路上的串串音符/袁毅主编. —武汉:武汉大学出版社,2013.1
(2023.5重印)
(中国学生美文鉴赏文库:彩图版)
ISBN 978-7-307-10485-3

Ⅰ.成… Ⅱ.袁… Ⅲ.散文集 – 中国 – 当代 Ⅳ.I267

中国版本图书馆 CIP 数据核字(2013)第 027823 号

责任编辑:代君明　　　　责任校对:杨春霞　　　　版式设计:王　珂

出版发行:**武汉大学出版社**　　(430072　武昌　珞珈山)
　　　　　(电子邮箱:cbs22@ whu. edu. cn 网址:www. wdp. com. cn)
印刷:三河市燕春印务有限公司
开本:710×1000　1/16　　印张:10　　字数:68 千字
版次:2013 年 1 月第 1 版　　2023 年 5 月第 3 次印刷
ISBN 978-7-307-10485-3　　定价:45.00 元

点亮心灵灯盏，激发写作灵感

中外美文，浩如烟海。《中国学生美文鉴赏文库》编委会联手中国少年作家班，贴合中小学生阅读需求，从百万篇作家班学员的佳作中排沙简金，收集了这些美文。这些作者既是读者的同龄人，又是未来中国文坛的希望之星。

作为一套汇集美文的阅读丛书，《这边风景独好》让读者感受到自然的美好；《聆听爱的声音》中每一行、每个字都流淌着爱的旋律；《成长路上的串串音符》是否让你想起了成长中的点滴；《一盏书梦的灯》带领读者去体会阅读的美好；《享受阳光的味道》篇篇散文随兴而发；《来自风中的呐喊》则通过小说揭示人间的真美丑恶。

作为一套写作技巧指导丛书，我们邀请名师用不同的主题，从这些优美的文字中解析这些优秀作者的写作手法。比喻、拟人、夸张等修辞手法装饰着词句；精心的布局构建着新颖。

作为一套启迪智慧、滋养心灵的美文荟萃，我们给出了启发心智的人生感悟、激发热情的铿锵凯歌、启迪人生的点点哲思。每一条"心灵寄语"都值得我们仔细品味，都是学生们培养综合素质的良方。

当你捧起这套书时，你会沉醉于智慧的芬芳之中，更会流连于写作的奥妙中不肯离开。相信，你会把这朵美文之花，轻轻地放到你的背包中，让它伴你成长！

目　　录 //
CONTENTS

咏唱最感人的音符

——跟名家学记事

在作家的笔下，每一件事都变成清澈的小溪般，一路欢畅着流入我们的眼中、心里。被这股清水涤荡的心灵，让我们不自觉地被作家的文笔所吸引，所震撼。而作家，是心灵敏锐、思想深邃的一群人，他们用自己的笔记录了自己的生活琐事，记录了时代的变迁。他们能够从柴米油盐酱醋茶的细微之事探知人生的道理，也能够从时代变迁的大事中聚焦出人们生活的变化，这就是写作的艺术。跟名家学记事，就是学着化腐朽为神奇。

任何一件小事都是有来由的

就文章本身而言，成熟的一篇记事文章肯定是交代清楚了事件发展

的三要素（时间、地点、人物）。除此之外，作品本身交代的背景也让我们对作品记录的事件有更深层次的了解。比如鲁迅《一件小事》的写作背景是：1919年，五四运动爆发。这场运动使得知识分子在劳动人民身上找到了革新中华民族的希望所在，因而提出了"劳工神圣"的口号。而鲁迅写这篇文章的真正目的也在于歌颂普通劳动者的伟大。因此我们在写作文时，不但要交代清楚事件的三要素，必要时也要写清事件的背景。

因情感真挚而倍显优美

名家们在记述一件事时，总是饱含情感的。张之路在《羚羊木雕》中抒发了对友情的赞美；许地山的《落花生》中蕴含着简单却深邃的生活道理；《小桔灯》则淋漓尽致地展现了冰心的仁爱之心。如果毫无情感、毫无是非观地记述一件事，只能算是流水账，算不上文章。想要在品读美文之后写出好的文章，先要真切地感受作品的情感，认真地评断作品中体现的价值观。然后再去思考自己的生活，体悟自己的人生，这样写每一个成长故事都会是有血有肉的。

　　读名家记事文章，哪怕是再小的一件事，我们都可以被吸引、被震撼。名家们记录一件事，总是如行云流水般通达顺畅，却又不是流水账。转折、回旋往复、悬念迭起常常出现在他们的作品中，就犹如山峰要有所起伏才巍峨，小河要蜿蜒才优美一样，这些小波澜是文章成功必不可少的小手段。比如在《我与地坛》中史铁生将他与这个荒园的故事娓娓道来，时不时地间插了自己的思索，令文章充满了哲思的韵味。在写作文的时候，不断地想着让文章波澜起伏，才算是认真的写作。

　　人生就是一件事接着一件事，事件串联成我们多彩的人生，用尽全力地生活，每一件事都会焕发色彩，这样我们的成长笔记才会精彩起来。想要写出好的生活记录，首先要好好地生活才行。

① 北京的那些日子

北京的那些日子

广东/刘雯乔

乘坐很漫长的列车，从南方驶向北方，这是我第一次来到真正意义上的北方，来赴一个一期一会的约。

看着车窗外从眼前掠过的长长风景线，从南方的一亩亩水稻，一汪汪池塘，直到夜幕过后黎明时分，晨雾遮盖下一望无际的绿色，挺拔的杨树，婀娜的柳姿。心里在一遍遍想着我会遇见的人，我急切地期盼着与他们重逢、相聚、拥抱，分享重逢的喜悦……火车缓缓地驶入北京西站。下车后，我拖着厚厚的包裹行

囊转了几趟车，走了传说中300米（实际上大概有800米）的路，风尘仆仆地赶到巴渝。

遇见了朝思暮想的李媛，这个孩子最近不知道受了什么刺激，每天都拉着人大街小巷逛街。相比去年那个扎着两条辫子，与今年披头散发，遇到人相当热情洋溢的她实在是太不一样了。在来北京前一遍又一遍的聊天之后，我们能在北京相聚，是一件很让人快乐的事情。一个打扮得很帅气，剪着短发的女孩一见到我就激动地捧着我的脸，嚷嚷着："哎哟——你就是袖子呀，哎哟——袖子你好可爱呀，哎哟——你的脸好好玩呀……"我正被吓得一愣一愣的时候，这孩子终于自报家门了——"我是小野呀！"这个跟我在网上聊得热火朝天，与我极有共鸣的孩子，没想到就是我眼前这个皮肤黝黑、带着黑框眼镜的帅帅的女孩。误打误撞地跑进了1206，误打误撞地认识了泽懿和贺轶……

一下车，小野就激动地大叫着"人民大会堂真宏伟！真壮观！"在她的呼喊声中，我们走过金水桥，瞻仰过毛主席的画像，穿过著名的天安门城楼，来到那个两代皇帝住过的地方——故宫。摇着大蒲扇，踩着石板路，顶着大热天，在金銮殿外探头探脑、左顾右盼。红门内的皇帝宝座高高在上，红门外的游客们挤得满头大汗。我和泽懿端着相机满世界拍照，小野和李媛在宫殿之上满世界寻找外国帅哥美女，贺轶在我们四个人之间穿梭、徘徊。沿着中轴线一直走到头，我们在御花园里兜兜转转，不经意间，却来到了慈禧刚入宫住的地方——储秀宫。我们不禁惊叹于慈禧屋内摆设的华丽，居然还有钢琴这类西洋乐器。皇家电话局也设在储秀宫内，更展出婉容和文绣出嫁时的嫁妆。器物精美华贵、色彩斑斓。

欢乐谷的一天是疯狂而快乐的一天，那天我们丢了营旗，那天我们闹翻了鬼屋，那天我们走在风儿之上，在雨中放肆地笑着，在高空旋转之间笑出心中淤积的不快，我们击打着彼此的肩，诉说着那些游离在我们思想内外的奇思妙想。我们开着最亲密的玩笑，在脸上身上画着肆意的花纹，吃着最能代表童年记忆的棉花糖……我们挥霍着青春的年华，那些最真实的呐喊在宣泄，在一段段录像里回放。

喜欢在每天晚上跑去王老师的屋里，陪她聊天，跟她一起说着那些关于文学和生活的话题，即使是从欢乐谷回来的那天晚上也没有例外。她总是那么安静，却又那么睿智，给我们介绍着她看过的好书，看过的好电影，告诉我们真正的大作家是需要悲天悯人的情怀的。

窗外大雨瓢泼，电闪雷鸣，房间内的我们却谈笑风生，一景一人，一曲一觞，或古或今，或现实或梦想，我们聊得很肆意也很自由。她的服饰依旧那么特别，总感觉有种印度风情，她乌黑的长发披在麻质的连衣长裙上，裙角的飘逸飞扬，表情的安然自若，每一个微笑都让我觉得很惬意。她总给我一种母亲般温暖的感觉，亲切的让我很想跟她永远不休止地聊下去，那真是一种精神上的享受。

猫妖给我开了好多好多药，治好了我的嗓子疼，我每天都乖乖地跑到她们房里吃药，越儿会从认真写作业的状态中忽然抽离，然后转过头来望着我，用渴望的眼神希望我留下。我们悄悄地密谋，忐忑地跑去某某房与姐妹们相会。我们把床并在一起，四个穿着睡裙的女孩在床上闲聊着，那天晚上是那样的美好。我们靠在一起，静静地闻着空气中散发的香味，说着天南海北，唱

着歌，嬉笑打闹着，最后微笑着入睡。

最后一天，忽然敲开一扇门，却发现好些熟悉的身影奇迹般地出现——冰涛和琛驾到了。1406里人来人往，大家起着哄，照着相，聊着天，准备着晚上的联欢晚会，挑选着主持人……田叔叔明显发福了，不过他居然还记得我。琛似乎很累的样子，却被李媛追杀着，在楼上楼下逃窜着……

又神奇地打听到亚爽从25号就"偷渡"来了，可是一直神龙见首不见尾。联欢后跑到顶楼与亚爽聊了好久，看着他们抱着枕头、被子在屋与屋间疯狂地串门……在大猫的房里我们相互留言，写了好多好多话，写到后来屋主人都打起了呼噜，客人们才一个个悄悄撤退……

大部队离开的那天早上，我在6：24分悄悄跑出房间，从二楼的走廊上，望见贺轶退房的身影。推开楼梯门，飞奔下楼，总算赶上她的步伐。在地铁口，我默默地目送她的身影在楼梯间消

失……和泽懿一起在车上依偎着昏昏欲睡，车窗外下着瓢泼大雨，我想象着你们冒着雨去乘车，辗转在雨中回家的场景……发着一条条送别的短信，无限的不舍，无限的留恋……下午3点多收到越儿的短信，我在四点赶回巴渝却发现喧闹的宾馆里已寂静无人，眼泪不知为何在那一刻决堤。经过1104时，前一晚满屋狼藉已被清理得一干二净……我多希望那混乱的场景，喧闹的笑声再一次从那里面传出……但一切是那么安静，我只能找寻一根柱子，趴在上面无力地哭泣……

我搬到1105去住，泽懿每晚都睡得很沉，兴许她很累吧……我跟昱彤一起看《初恋那件小事》，到最后，我们的泪水湿透了枕头……半夜，在厕所里聊了好久好久，昱彤，谢谢你对我的信任，把关于你的很多很多告诉了我……最后一夜，昱彤走了，我把小野叫来陪我们一起睡觉。我们聊了很多很多平时不聊的话题，疯狂地大叫大笑……然后在第二天，她不告而别……

终于在大家都回家后的第二天傍晚17：10，我乘飞机回汕头。在云层里穿梭，驰骋着我无边无际的想象。我想到一个词，叫做一期一会，每一年只能见一回，就像我们。又想起了那句诗：相见时难别亦难。天涯之间，能够相识相知，便是莫大的缘分。

一年一岁一相逢，花相似，人不同。诉尽衷情千杯少，话不尽，思无涯。访山寻景相伴行，蒲扇风，雨丝中。相见时难别亦难，送归客，心惆怅。一别再聚又何年，长相思，追旅丝。天涯遥远海角阔，知音人，心无隙。送君归影情依依，心唯祝，路平安。

银河之间，又多了许多我牵挂的星星……

心灵寄语

在青春年少的时候，没有比相约与赴约更让人激动难忘的了。特别是一期一会的约，真的很让人热血沸腾。这样的经历是会让一个人铭刻于心，成为人生的珍贵回忆。

而本文最打动人的是：描述中的生动，故事的真实，从头至尾，不管是人或物或事，无不灵动毕现。从南至北的抵达，时间与距离一下子烟消云散，情感上的相知与相识让心灵彼此融合。

大会堂、故宫、欢乐谷、老师、同学、友谊、相遇乃至分离。一切的一切都是弥足珍贵的。因此这样的一种心情与情感下，作者满怀激情地用诗歌来表达内心的爱与温暖，"一年一岁一相逢，一别再聚又何年，长相思，追旅丝。天涯遥远海角阔，知音人，心无隙。送君归影情依依，心唯祝，路平安。"

盛唐气象

北京/李拉辉

如果不是这一个小点已然存在，怎会有这一幅美丽画卷；如果不是这一滴水珠悄然而至，怎会有这一片澎湃涛声；如果不是这一朵小花静静绽放，怎会有这一地绚丽花海；如果不是你默默地给予我那份小小的爱，我又怎会珍藏得到这样的感动，又怎会看到这幅宏大的盛唐气象？

（一）

今晨，我独自走在去考场的路上，然而我并不孤独。我看到警车飞驰着，后面跟着一辆校车，车窗上，印满了年轻而自信的

脸庞，他们和我一样，都在去往高考的路上。

这一幕让我无比感慨，因为这一辆辆小小的警车，我看到了一个国家对我们的关怀，看到了好宏大的盛唐气象！

我接着前行，一辆黄色小轿车停在我身旁："是去高考吗？要不要我送你？"一个陌生阿姨灿烂的微笑映入我双眸。一句浅浅的问候，却是如此暖暖的情怀，你我素不相识，却因你的关爱联系起来，因为这一声声问候，我看到了一个民族对我们的关怀，看到了好宏大的盛唐气象！

走到考场门口，已有同学在门口等候。我们紧紧相拥，相互说着加油的话，抓起有些冰冷的手，在雨中相互呵气和摩擦，并肩前行。

就要上战场了，就要成为对手，然而更是朋友。这小小的一幕，让我读到了友谊和真情，因为有这些小小的爱，所以我看到好宏大的盛唐气象。

<h1 style="text-align:center">（二）</h1>

难眠的夜里，我喜欢坐在窗前，看看这座我深爱的城市。

卧室的窗临着街道，一盏盏车灯远了，近了，又远了。每一盏车灯背后是一段独自的小幸福，可是这如织的车灯，竟排成好大的光亮，仿若昭示着车内走亲访友或夜晚归家的浩浩荡荡的喜悦。一盏小小的车灯，一派车水马龙之景，好一派繁华美好的盛唐气象！

尽管已是深夜，灯光仍从一户户人家透出。黄色的灯光是否是年轻的妻子在等候迟迟未归的爱人，白色的灯光是否是学子在挑灯鏖战，昏暗的灯光是否是老人在电视机前重温着已逝的时光……

一切皆未知，而一切都是幸福的。一盏明灯，万家灯火，好一派安宁祥和的盛唐气象！

天地有正气，杂然赋流形。

下则为河岳，上则为日星。

感谢这一点点光亮，一点点问候，一点点爱托出这一派宏大的盛唐气象！

心灵寄语

　　李虹辉在这篇文章中，首先在开头部分，"小点绘成画卷"、"水珠凝成浪涛"、"小花绽放花海"，富有诗意地表达正是这无数个点绘成了一幅宏大的盛唐气象的关键。明确主旨的同时自然点题，易引起阅卷老师的注意。

　　其次在文章中间部分，巧妙运用小标题的手法将文章分为两部分，显得玲珑有致、详略得当，并能以小见大、立意深远。

　　第三，作者善于观察生活，从生活中发现文章素材，并引申为对盛唐气象的宏观展望，化抽象为具体，紧扣材料。

　　文章整体来说，笔调温和，情感真挚。但要指出的是，"盛唐气象"所涉及范畴比较多元化，盛唐的定位首先是盛世，其次既指盛唐时期诗歌气象雄浑、雄壮阔大的风貌特征，同时也代表一种时代精神、时代风貌。作者在文中多次提到盛唐气象，只是笼统地一笔带过，作为文中的关键词，应再为详尽得好，以更好展现出由点构成的"立体效果"。

黄昏中的期盼

北京/李若

缘很美好，很值得我们珍惜；缘也很短暂，常在我们不经意中离去。

想起那首《再见，戈多》中的文字——"等待是没有回音的张望，找寻是看不见底的深渊，那阵风为我停留，将你的足迹轻轻诉说……"

——题记

（一）

太阳正在往西边一点一点地沉降，光芒也一点一点地消逝。这落日最后的一抹余晖将天边照射得格外灿烂，把被楼房遮住的棱角型天空照得一片金黄，天边的云朵被金黄色的彩边儿勾勒得千姿百态，煞是好看。黄昏是这样短暂，刚刚到来就要匆匆离去，像一个调皮的小孩子，手拿画笔，朝西边天空一抹就急得跑掉了。

余晖一点点地消逝，照到起起落落的楼房上，照到整整齐齐的路灯上，照到楼群外那一片蒲公英园里。然而，没有人知道，在这飘着雪花般、柳絮般和白色小伞般的蒲公英园里，一个女孩，一个充满着企盼、渴望着奇迹发生的女孩，此时此刻，她心里满怀的期望也随着太阳的余晖在一点点消逝。

这个女孩就是我。

关于开头的这段铺垫，都源于记忆里一年前的那个黄昏。褪色的记忆如电影胶片一般倒退到那个黄昏，那个平常的却又不平凡的黄昏。

（二）

不记得具体的时日，只记得也是这样一个色彩斑斓的黄昏，也是在那片漫天飞舞着蒲公英的园里。那时候我最喜欢去的地方就是绕过好几条路、穿过好几条街，从高矮不一的楼群中解脱出来，来到那一大片的蒲公英园；最让我感到快乐的事就是在大片大片的蒲公英中飞奔，身后是在空中飞舞着的蒲公英。

那天，我一如既往地来到这片属于我的、伴随着我快乐童年的蒲公英园。一如既往地在白色蒲公英中奔跑，却猛然看到一双

闪着亮光的眼睛。我猛然停住，好一会儿过后，才缓缓地向前走去。那竟是一只浑身雪白的小猫。很可爱、很乖巧，也很灵敏。这是后来我在回忆它给我留下的第一印象时能找到的词语。

它一身洁白的毛，墨绿色的眼睛。平时看惯了街头多数的猫和狗，从不驻足、侧目。而那天当我看着它那温柔、乖巧的眼神时，心里最柔软的地方被触动了。它白色的毛和飞舞的蒲公英几乎融为一体，它墨绿的眼睛分明就是蒲公英的两个叶片，在这样的环境中是极难辨认出它是一只猫的，而我就这样与它相遇了，莫非这就是缘分？

（三）

我抱起小猫，绕过好几条小路、穿过好几条街巷，才回到家。当时的我没有一点杂念，没有想过家人是否同意收养它，邻居是否会厌嫌它，我只是看到，它那柔柔弱弱的眼神中流露出的渴望，渴望跟随我回家。

走进家门，我听不见家人的尖叫，听不见他们的追问，也看不见他们惊讶又愤怒的脸。我静静地给小猫洗过澡，走出洗浴间门的一刹那，我看见家人（爸爸、妈妈、爷爷、奶奶）齐齐地坐在沙发上，或一脸的严肃，或满怀的怒气，目光齐齐地聚集在我身上。显然，他们很重视这件事。小猫似乎也看懂了家人的态度，畏惧地往我的怀里缩了缩。

家人们坚决要把小猫弄走，我拼命地摇头，紧紧搂住怀里的小猫，平静却坚定地说："不可能！"他们撼动不了我的坚定，最后只好说："你长大了，自己决定吧。如果你要收养，我们可一点儿也不管。"我知道，他们一定认为我连自己都照顾不好，更不可能照料好一只猫。而这并不能击倒我的决心，我看看怀里的小猫，使劲地点点头。

我把小猫抱回卧室，看着它洁白的毛和晶莹水灵的大眼睛，轻轻地脱口而出："雪滢。"雪滢——洁白如雪的毛，清澈晶莹的眼睛，还有，我们相遇在漫天如飞雪般的蒲公英园里。从此，这个小家伙有了一个漂亮的名字。

雪滢，我们的缘分是上天注定的吧？望着雪滢快乐又乖巧地爬到椅子上，我笑了，为雪滢的纯真，为我们的缘分。

（四）

每到黄昏，当太阳的光芒一点点褪去，天空一片金黄时，我总会带着雪滢绕过好几条路、穿过好几条街，来到那飞扬着雪白的蒲公英园里。在蒲公英园里，雪滢快乐地、尽情地跟在我身后奔跑，和我嬉戏，和我一起躺在蒲公英里，然后又在蒲公英中

穿梭、奔跑。我们在一起的那些日子，是那么快乐，也是那么短暂，短暂到我还没来得及细细地回味、好好地珍惜。

仍然是一个黄昏，一个平常却又不平凡的黄昏，一个我今生今世都不会忘记的黄昏。也是在太阳一点一点向西边落下之际，比朝霞还灿烂的最后那一抹余晖挥洒到那片飞扬的蒲公英园里。

我如往常一样回到家，却不见雪滢如往常一样欢快地出来迎接我。我的心往下一沉，推开厨房门，问道："妈，雪滢呢？"妈妈脸色极不自然，低下头，尽量轻描淡写地说："哦，今天你表妹来了，她特别喜欢雪滢，非得要把雪滢带出去玩，结果……结果刚带出去没一会儿，就……"妈妈抬起头小心翼翼地看着我，磕磕巴巴地说："就……就把雪滢给……给弄丢了。"

（五）

晴天霹雳般的消息。我的头"嗡"地一下就大了，不顾妈妈

的安慰，不顾手里沉重的书包，甚至没来得及掉眼泪。只有一个信念：一定要找到雪滢！我飞奔出家门。

绕过好几条路，穿过好几条街，逃出拥挤的高楼，来到那片蒲公英园。

我在飞扬的蒲公英园里奔跑，大声地喊着："雪滢！雪滢！"却没有往常雪滢蹦蹦跳跳向我跑来的身影。雪滢在哪儿？连风都没有回答。满眼的蒲公英令我头晕目眩。我一遍遍用眼睛搜寻，目光在落日挥洒的色彩中移动。没有，没有，没有……

我又飞奔到街上，看不到路人投来的诧异的目光，眼前只有雪滢那墨绿色水灵清澈的眼睛，和一身洁白如雪的毛。我拼命地喊着："雪滢！你在哪里？"我是多么的渴望能在大街或小巷的路边，在拥挤的或闲散的人群脚下，或是在一个小小的角落里，突然看到雪滢，触到它那柔柔弱弱的眼神！可是，奇迹终究没有发生。

（六）

黄昏拖了一段时间，太阳终于在西边的天际落下，天边的那抹金黄却迟迟不肯离去，仿佛在陪伴我、安慰我。来临的夜幕也不肯把天边的斑斓瞬间吞噬，它们仿佛也在陪我伤心、落寞。

从此以后，每天我都习惯性地来到这片飞扬的蒲公英园里，遥望着黄昏，期待着邂逅那双墨绿色的眼睛，轻触到那柔柔的令人怜爱的眼神。可是，我的希望总是被黄昏带着渐渐离去。

雪滢，雪滢，雪滢……

飞扬的蒲公英在空中悠扬地舞蹈着，我被蒲公英包围着，希望和蒲公英融为一体，随风一起飞扬。恍然间，我又回到从前：

雪
滢时而在
我身后快乐地奔
跑，舞起片片蒲公英；时而
乖巧地趴在我身边，和我一起凝视那落
寞的黄昏；时而调皮地藏到蒲公英里，急得我大喊大叫，然后从
我背后猛然窜出来……可惜，一切已成回忆，这样美好的时光，
再也不会有了。

很久不曾流淌的眼泪瞬间涌出，和蒲公英一起飞落，我怅然
若失。泪水模糊了双眼，蓦地，在仅剩一点的余晖下，眼前仿佛
又出现了那双墨绿色的晶莹的眼睛，那一身雪白的毛。我慌忙擦
干婆娑的泪眼，那雪白的毛却幻化成雪白的、飞扬的蒲公英……

夜幕终于降临了，天暗下来，一切模糊，以泪洗面。

（七）

梦。

依旧是那灿烂的黄昏，依旧是那倾斜的余晖，依旧是那片飞
扬的蒲公英。

我看见雪滢朝我奔来。那，墨绿色的晶莹的眼睛；那，雪白

的绒毛；那，敏捷的步伐；那，欢快又乖巧的神情……我也朝雪滢奔去。

蓦地，一大片蒲公英飞过，模糊了我的双眼，等我定睛再看雪滢时，它已随着蒲公英愈飘愈远，模糊的身影若隐若现。

雪滢，自蒲公英里来，又在蒲公英里离去。

我猛然醒来，大脑一片空白。许久，才感觉到脸上有两串晶莹的液体滑落。

泪枕不眠。

心灵寄语

这篇文章真挚感人。

让人感动的是"我"与"雪滢"之间纯粹的感情，一种清澈透明的爱。

作者仿佛是一个画家，手中的笔浸满各种美丽纯净的颜料，我们看到的是一幅幅美轮美奂的画面：灿烂的金黄色的黄昏，一片雪花般、柳絮般，白色小伞般的蒲公英花园。

美好的相遇就在美好的境地里。"我"在白色蒲公英花园里奔跑，遇到了一只浑身似雪的小猫，于是小猫跟"我"回家，并有了"雪滢"这个干净的名字。"我"和"雪滢"快乐嬉戏。这一切都似梦似幻。

但是美好后面，是缺憾，"雪滢"被弄丢了，"我"每天在寻找和等待，在蒲公英园里等待雪滢的回来，但终究没有奇迹出现，唯有"我"无尽的思念。

作者仿佛是一个诗人，优美的文字体现出美丽的情境，忧伤的情怀。

合 十

广东/陈紫瑜

我来，讲一个故事吧。

想起她，是在海边。离大海不远的岸边小道上，有一个用铁皮搭起来的供台。那里没有神像，空空地向着那片海；没有香火，香火只能在稍远些的妈祖庙或者大伯公庙找到。这里很少人来，偶尔会有几支蜡烛，但火光在海风中总不长久。可喜的是这老供台也不至于人迹荒芜，时不时有几个热带水果摆在那儿，给海鸟吃了也罢，让小孩子拿去了也好。我猜那是她供的吧。

你还记得吗，人们曾习惯以这种方式向海神祈祷，保佑风浪里的船只和日夜静候的归程。于是，这供台便锈着站在这里了。

这里的人们，对大海太熟悉了。南下的路从脚底铺开，皇天

后土和家祠烟火便成了余生的念想。他们是漂泊的唐人，在父母面前作了揖，去祠堂上了香，抹一把泪带着闯南洋的心便走了，身后还有妻儿和灶火炊烟。这路必须走下去不是吗？他们留下的土地等待着温饱，等待着安康，等待着幸福。可这南海的浪潮多颠簸，让他们看不清前方是什么，有什么。

她，就是这样来到这里的。这个故事，是她几十年前的惦念，十几年前的怨恨，几年前的无奈，几天前的一声叹息。

你看，她在那里，那个残破又神圣的供台前。依然没有香火，只有一双合十的掌，别的什么也显得多余。看呐，她真是老了，典型一副南洋老人的模样——松垮垮的暗色衫和过膝大短裤，以及那对老旧的扁拖鞋。这样的老人，在海神面前却如同几十年前的那个小丫头，她说：我，终于要回家了。海潮还是一声又一声，像是答应了一般。

在她还年轻的时候，她的孩子总问：外公外婆在哪儿呢？起初她不说，想回答"死了"，可真的死了吗，她也不知道。更何况孩子们不懂死，也不懂她的童年。孩子们却也不罢休，看别家孩子总有老人牵着去买糖吃，终究是不甘心了，便老缠着她。在哪儿呢，在哪儿呢？她拗不过了，虽然心口有些轻痛，还是小声地回答了：妈妈在你们这么大的时候就被他们遗弃了，所以不知道他们在哪……其实她想说"在回不去的家啊"，可到底是止住了。孩子们又瞪着眼问：遗弃是什么？她摇摇头，在衣服上擦了擦手，便回到厨房继续择她的菜了。

"那时妈妈还只是你们这么大的孩子……"

她本是家中长女，幼时与弟弟随父母一同到石叻、马六甲一带打工。南海的船上非常拥挤，她闻到那浓重的海腥味，是一种

从未闻过的味道却有相伴一生的感觉。到了那儿，一家人的生活更艰苦，却总不比在家乡荒凉。父母常常到海边去做些苦工，孩子们有时就在家里，有时帮妈妈做些糕点拿去卖。就这样，一两年光景也便过去了。后来，中国打起仗来了。父母放心不下家中的老人，攒了些钱打算回去，可怎么算，带上她也是不够花的。夜渐渐变得难以入眠，孩子们一如既往地过日子，家乡的风声却愈渐真切了。

最后仍是，她留了下来。独自。

后来她想起这段日子总不由得叹息。自从那时候起，她眼中有了一个孩子不应有的卑微，海神将她领养，让她双手合十跪倒在父母踏过的沙滩上。货郎担的铃声来回奔波，浩渺烟波把她淹没，蕉风椰雨偶尔送来一两封家书，渡船鸣笛依然日夜吹响。她以寄人篱下的姿态活着，变得谦卑又甘于承受。

她知道海神的供台，其实是个偶然。那时，这里的香火仍旺，任凭海风怎么吹也不熄。她随收留的人家来到海边，看见渔民们都虔诚地弯着腰，恭恭敬敬的，方才想起这是父母刚来到这里时求拜过的地方，那时候她还供过几只热带水果。

只因这里有着一丝偶然的熟悉，往后她便常来了。最初她是跪着的，跪得很真挚，双手合得紧紧的，她在求。她没什么供品可奉上，除了自己偶尔做的一些糕点，便是那颗赤诚的心和对大海的信仰。可那是在她还小的时候了。人世的炎凉教给她太多，她亦不愿再听了，只得跑到海边听阵阵潮声，听海神的呢喃：孩子，你累了吗？这时候，家书渐渐少了。她上供台那儿，再不下跪，也不弯腰，只是合掌闭眼。她不祈求，她在诉说。

就这样合十地站着，她站成了一个老妇人。人也就该这样过下去，一团圆满，左右苍茫。

可偏又在等待了几千番的盈月过后，寻找的人循着那张发黄的地址终究来到跟前。那是她从未谋面的侄女，却有几分熟悉。想着那是等了半生的家人啊，心里既感动又不知所措。但她又踌躇了，她是个儿孙满堂的老人，也明白双亲早已不在人世，苦和恨的烟尘旧事无力重述，丢下一个黄毛丫头再来寻一个老妇人，何用？她只得避开，躲在房里，留孩子们在厅里面面相觑。

我不知她走是否仍怨恨，却也谈不上忘记。你若要说她悲苦，这样的人又何止她一个？那是一片海不可重提的往事，是所有海浪和船只的沉吟。

其实收养她的母亲待她仍是好的，她只是习惯了想念。在空无一物的夜里，她独对年幼时深重的记忆，它们在她渐渐老去的岁月里愈渐清晰，父母的面容温柔又哀伤，却比镜中的自己年轻许多。海腥味浓重的永别，是降生时便无法避免的劫难，是她，

和那个最初的家庭永远残留的一块伤疤。她是时代的孤儿，漂泊了几近一生的时光。于是，合掌吧，十指连心，海神就在不远处，无缘再见的双亲不着一语。他们都在等待。早在她合十面对大海的时候，平坦的掌心就已什么都抓不住了，只想放下那些纠缠的困惑，还自己一片安定空无。所以，就将那不解的旧梦还给海神吧，还给带走那只船带走那个家的海浪……

最终，她还是回去了。父母的坟，深藏在草丛中，她也老了，跪下久久不能起来，只能嘤嘤地哭着，像一个埋怨父母的孩子。风吹得响一声叹息，大地里的人在这里等她多久了？山河仍踏实地在脚下，看着她以孩子的模样蹦蹦跳跳离去，看着那对丢失了孩子找了一辈子却找不回的双亲入土，又看着一个白发苍苍的老人摸索着回来了。这其中，早已隔着几十春秋。

后来她总算知道，家人本是有意找回她的，只是海神注定让他们错过，他们便错过了。那些欲知的旧事在沉浮的时光里只能变成一方空落落的青冢，换取她大半辈子的念想。

如今，她又回到供台那里，那里依旧破败安详。她不知眼前的那片海给她带来了什么，又夺走了什么，好像她一直都是这样两手空空站在这里的。岁月很老，她已不能常来，再过些日子，也许她也走不动了。

这次，她并没有双手合十地站在海神面前。她只是久久站着，不肯离去。

海潮纷纭。

心灵寄语

这篇作品的格调和表述语言是苍凉凝重的，就像苍凉辽远的海岸。海浪滔天，海鸥高声鸣叫，供台与人一样寂寞，悲怆的传奇故事在空中播扬。

一个女子厮守在这里，从少妇到耄耋，在风烛残年中，燃着纯洁的信香，虔诚地合十礼拜，在默默地祈祷远方亲人的消息。空寥寂寞的海岸，她在悄悄地伫立。香烟缭绕、升袅，是一生中冥冥的昭示和安慰。

文字的表述是平淡的，但情愫是深蕴的，很有张力和内涵。就像合十一样，身边所在的地方，也就是生死的疆界、永恒的归宿。

读这篇文章，我们的内心感到沉郁。但合十中，毕竟还有希望的曙光。

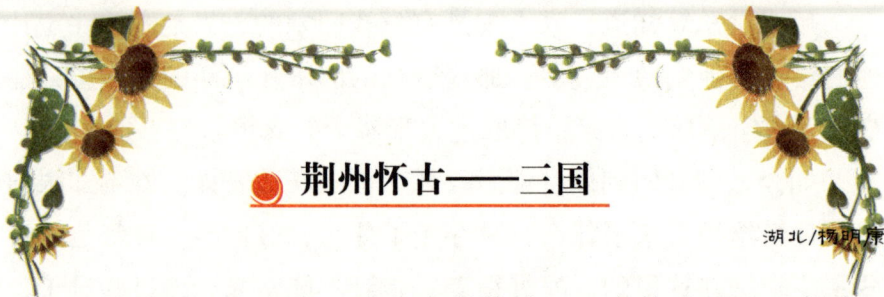

荆州怀古——三国

湖北/杨明康

"滚滚长江东逝水，浪花淘尽英雄"。在楚天千里，水随天去的长江中游，紧邻江边不远处，有一座青砖古城池，千百年来执守盘亘在广袤、水草丰美的江汉平原，古往今来引无数英雄留恋顾盼，演绎了多少千古传奇，这就是荆州古城，它也是我从儿时到如今少年的家乡。

荆州之地北据汉、沔，利津南海，东连吴会，西通巴蜀，为用武之地。荆州古城是全长约10公里，城高约9米的环形城池，古城分三层，从外到里是水城、砖城、土城。它有六个城门，除小东门外，其他城门外都有曲城，是二重门。

二重城门有对开木门，还有一道大约一拳厚的闸板，古时用来防止水患。二门之间称瓮城，城门洞和城门框用条石和城砖砌成了圆顶，六座城门上原来都建有古城楼。古城下用青石铺成细碎的环城小路，连绵的树木和幽幽的护城河，蜿蜒迂回着这座老城，使泛着青灰色调古朴庄重的城墙和它偶尔的断壁残垣，透出些许的细致柔和。四季和风景状物在古城这儿变换轮回着，多少次梦里三国，醒时古城，半梦半醒间，分不清时空的变幻而梦绕魂牵。

谋荆州：又见飘雪纷飞，千里冰封，荆州古城内外惟余莽莽，苍苍草木，万籁俱寂。满城的落雪和着江风吹到隆中，此时

隆中的雪更是漫漫洒洒，风也更加凛冽，冬日的阳光透过竹林那几片尚未凋零的枯叶，刺到雪地泥土上，茅庐里的古琴铮铮，炊烟袅袅，浊酒淡淡，谁在抚琴高歌《梁父吟》？束发读诗书，修德兼修身，图谋天下的《隆中对》随着那漫天飞雪的思绪，落在了诸葛亮先生的心中，慢慢融化，或许就在那时，荆州这条卧龙便落在了先生心底最深处，从此"了却君王天下事，赢得生前身后名"。

夺荆州："北方有佳人，绝世而独立，一顾倾人城，再顾倾人国。"是年的冬夜，天寒料峭，浪静风平，乌鹊南飞而月明星稀，一代枭雄曹操挥军南下，厉兵秣马于赤壁，乘兴畅饮，不知魏武帝的杯中是否已斟满了杜康酒？席间曹操横槊赋诗，对酒当歌，壮怀甚是激烈。"宁不知倾城与倾国，佳人难再得！"是为铜雀春深锁二乔？抑或是山不厌高，水不厌深；老骥伏枥，志在荆州？兵家重地、兵刃相峙的荆州城池似明明如月，使得烈士暮年，壮心不已，曹孟德何时可掇啊？方能天下归心！

取荆州："春水方至，公宜速去。"江东自古多才俊，年少万兜鍪，坐断东南战未休，年仅二十七岁的孙权在兵力相差悬殊的情况下，豪气冲天："孤与老贼，势不两立！"其气概傲人，风骨铮铮，为后人留下了"生子当如孙仲谋"的千古慨叹。然而这样一个治军严明整肃，血气方刚的吴王霸主，面对荆州这块完璧美玉也会为之折腰，也有不得已而为之的事，英雄一生中不多的妥协：嫁出了自己的妹妹孙尚香，也曾派使者为自己的长子孙登向关羽的女儿求婚，以图谋荆州这块人人想先入为主，方能有用武之地的古城。

借荆州：春暖暖，花奕奕，大丈夫求田问舍，怕应羞见刘郎才气。英雄刘备从刘郎浦迎娶孙夫人后乘船回到荆州，在小东门下舟登岸，面带春风，手携佳人进入城门，那时的小东门和护城河边正是桃花流水，杨柳依依时节，河水荡漾，行人驻足，一片繁华热闹的景象。也许那年的春雨下得缠缠绵绵，淅淅沥沥，触景生情英雄泣泪巧借荆州，谁言男儿有泪不轻弹？只因未到伤心处！得荆州如鱼得水，得荆州而三分天下，当年的刘使君青梅煮酒，而今的刘皇叔天下英雄谁敌手！

叹荆州：春缓缓归去，夏姗姗来迟，江水东去，湍急而下，乱石崩云，惊涛拍岸卷起千堆雪。遥想公瑾当年，雄姿英发，羽扇纶巾，好一个千古风流人物！文韬武略、倜傥俊美的江东才子周郎，面对千军万马，气定神闲运筹帷幄，谈笑间，樯橹灰飞烟灭，那时小乔初嫁了，佳偶天成，是何等的志满意得。然而大丈夫心中的憾事又有几人能懂？当公瑾隔江抚琴，遥岑远目，对岸城池依旧，只是蜀旗猎猎，守城将士已非吴军，楚律绕城，而吴乐难再，余音飘，声声慢。"曲有误，周郎顾！"只是这一江之隔的音律，怎堪让英雄回首？多少次只身在落日楼头，献愁供恨。溯洄从之，道阻且长，所谓伊人，在水一方！儒雅才子周瑜，因为荆州之地而壮志难酬，荆州成为英雄心中永远的痛，倩何人，唤取红巾翠袖，揾英雄泪！问君能有几多愁？恰似一江春水向东流。

守荆州：蒹葭苍苍，白露为霜，天凉好个秋！是日关羽登上荆州南门曲江楼，抬望眼，不尽长江滚滚流，城上极目楚天舒。断鸿声里，远处有一白发渔樵垂钓江渚上，似乎惯看了秋月春风。关云长把栏杆一次次拍遍，清点着城上一砖一瓦，一兵一卒，义不负心泰山重，赤胆忠诚守荆州，谁人会登临？城下的青石板小路上，赤兔马蹄声碎，多少次策马巡城，将军将士吹角连营秋点兵。如水的月光洒下古城，映照的背影伴一盏青灯，习习的秋风吹乱了手中左氏《春秋》。吴王遣使何足惧，好江风，将那轻舟轻轻地催送，一路吹拂着将军的从容，衣襟飘，美髯扬，

一叶扁舟，几随从，青龙偃月，藐群雄，一壶浊酒笑谈中，忠不顾死何言轻！关羽镇守荆州留下了单刀赴会的美名，传唱千古，如若汉高祖在世他定不会再发出"安得猛士兮守四方"的慨叹了！

冬去春来，夏至秋逝，青山依旧几度夕阳，江山如画，荆州古城一时多少豪杰，英雄本色是非成败，都已成过眼云烟！人生如梦，神游古城，应笑我多情！

心灵寄语

故乡荆州，梦里三国，引发出思古之幽情。文章开篇在交代了荆州古城地理位置及城池特征后，笔锋一转，通过"谋"、"夺"、"取"、"借"、"叹"、"守"等几个发生在荆州的三国故事，淋漓酣畅地抒写了"青山依旧几度夕阳"的慨叹，完成了作品主题。

几个传奇故事也各具特点。如：《隆中对》"了却君王天下事，赢得生前身后名"的诸葛孔明；横槊赋诗"老骥伏枥，志在千里"的曹孟德；倜傥俊美而壮志难酬的江东才子周瑜及"生子当如孙仲谋"的孙权等，每个故事的叙事、状人，各自成篇，却又同整体布局谋篇呼应，从中可见作者的匠心。

作品不仅在意蕴上表现出其特色，在行文上将中国古典诗词特别是三国时期的诗词歌赋，或引用或创造，信手而得，融会贯通，可见作者平时积累的功夫。

圆明园随感

上海/张鹏竹

　　七月的圆明园是一片旺盛的绿和几点零星的白，和妈妈走在通往园子深处的小坡道上，两旁高大的树遮天蔽日，阳光只零零星星从枝叶间透进来，向坡下望，残垣断壁惨如白骨，歪横着躺倒在杂草间，令人触目惊心。

　　我们想在路旁的长凳上坐下休息，可上面放了一份报纸，而旁边坐着一位大约六十多岁的老者，他正愣着神远望那个残缺的"大水法"，猛然发现我们站在凳前，很抱歉地笑笑，马上把报纸拿走了。

　　我们坐下了，我的目光却紧紧盯在那份报纸上——那是一份外文报纸，看图片应该是有关佳士得兽首拍卖的，见我如此，他笑着对我说，"看得懂吗？是法文。""你在看法文报纸？"我不禁有些疑惑，就这样我们开始聊了起来。

　　原来这位老者是一位法国华侨，从他祖母一辈

一九二几年时就在法国定居，而他已是第三代在法国长大的华人了。几个月前，圆明园兽首在佳士得拍卖，而他本人就住在佳士得。已有好些年没回国的他趁休假回到了中国，第一个来的就是圆明园。

我们边聊边向远处的大水法走去。偌大的圆明园大水法，无遮无掩地暴露在刺目的烈日阳光下，十二个兽首只剩下零星的几只复制品。一直带着墨镜的他摘下墨镜放回口袋里，眯着眼默默注视着，而这时却有一群戴着红领巾的学生，穿着志愿者的衣服，像模像样地为散客讲解这十二兽首的故事。

"我那个混血的小孙子也有这么大了，他会说中文，同学们都羡慕得不得了，争着向他学中文。他那些同学讲起中国古代，觉得神秘得好像神话，感兴趣得不得了。他说长大要当用中文写

作的作家。对了，我的那个法国儿媳也是学汉语专业的，他们一家明年就要回中国来定居了。"

　　"是啊，中国五千年的历史文明是让很多人都向往不已的。很多外国人都喜欢中国文化，现在的中国人到了哪里都引以为傲，虽然中国的经济相对西方国家落后，但我们的古代文明可比他们辉煌多了！"这么讲着，我真的不由自主地兴奋起来。

　　老人听了我的话，却微笑起来，轻轻地摇了摇头："是的，中国的历史和文化确实是永远值得每一个华人引以为荣的，但你知道吗？现在的海外华人，值得骄傲的已不再只是那五千年的历史文明了！中国的过去，有繁荣昌盛，也有屈辱，就像这圆明园。我知道有些国家的历史书上可能会隐讳这些屈辱或罪行，但中国不会。有些国家的屈辱在国人的心头上是一道永远让他们自

卑的伤疤，但中国不会。中国人懂得铭记，但这是作为前进的动力！我很高兴在圆明园里能看到像我孙子大小的孩子就已了解了这么多中国历史，并且可以正视它。这是中国曾经的一道伤疤，但我觉得它或许也是作为一个中国人的骄傲。在一片受过重创的土地上，人们不因过去而停滞不前、自暴自弃，而是以惊人的速度发展着。圆明园的残垣断壁和现在的中国相比，让人看到的是一个伟大的不屈不挠的民族！或许这比那些璀璨的历史更重要，因为有了这样的信念，全世界的人不久就将看到一个拥有更璀璨未来的中国！"

　　他一席话讲得慷慨激昂，毫无间断，流畅得好像在演讲，真无法想象一个在海外已度过了大半辈子的华人怎么能讲一口这么好的汉语！妈妈忍不住问了他这个问题。

"这个，我是法国一所大学汉语专业的教授，我的职业就是教授我真正的母语啊，在国外学中文现在已经蔚然成风了。对了，我的那个法国儿媳就是我的学生呢！我父亲一辈人年轻时都专攻法语，而现在，学中文成了时尚了。"原来，这位老华侨虽然身在海外，仍从事传播中国文化的工作啊！

是的，正所谓：知耻者近乎勇。一个敢于正视自己民族屈辱历史的民族是一个自信的民族，是一个倔强、强大的民族，是一个勇于面对一切困难而不可战胜的民族。翻过那段屈辱的历史，2008年北京奥运会，2010年上海世博会，中国人民正用他们那博大的胸怀融化着世界。

一个多月过去了，如今想起圆明园里和那个老华侨萍水相逢的经历，不知为何竟觉得有几分离奇。但从那次相遇之后，作为一个中国人的那份自信和骄傲在我本柔弱的心底深深地沉淀下来。

心灵寄语

写圆明园的文章不少，谁去了那里都会有感触、感动，因而都会写不忘国耻、复兴奋进等文字。但这样表态式的文章写多了，就有雷同之感。

张鹤竹这篇文章之所以新，主要是选择了一个新的角度，选取了一个法国华侨教授中文，而且学中文在法国已成为时尚，说明国家强大才会使世人刮目相看，和法国华侨的谈话选在圆明园遗址，从而把过去的"耻辱"当成中国人的激励，既写出了国人勇敢正视疮疤，又写出了中国惊人的发展速度，较有深意。

倒数第二段引发的感触，能够在每一个怀有正义感的中华儿女心中引起共鸣。

2

列车伴我"独行"

有一种快乐再不会重来

北京/潘靖妍

珍惜童年里的第一份快乐时光，因为有一种快乐不会重来。

——题记

在我还小的时候，一直生活在姥姥家。姥姥家在丰台区与房山区的交界处，由于靠近农村的关系，那里有许多城市孩子看不到的精彩：小公园的湖里有成群结队的小蝌蚪；草地里经常出没的小草蛇；在夏天的每个晚上，会有不少蝉的幼虫爬上树变为成虫，如果你在小树林里找上一阵，就是满满一袋子的喜悦。我总会挑出其中最有精神的几只放在纱窗上，第二天早上，听那悦耳的夏天大合唱。在姥姥家的生活，不奢侈但很惬意。由于我家住的是一层，外面还有一个院子，也就十多平方米，虽然不大，但它是我最热爱的地方，在小院里，我度过了童年最快乐的时光。

在那里，我的一天生活都从小院开始。姥姥、姥爷很勤快，院子里种满了辣椒、丝瓜、草莓和牵牛花等植物。每天早晨我都去和笼子里那只小黄雀说说悄悄话；每到夏天，我都会看着丝瓜和牵牛花的绿蔓缓缓绕过头顶，爬上窗户，投下斑斑驳驳的绿荫，顺便去抚摸一下墙角边芦荟细长、肥厚的叶子，这些都已成了习惯。坐在院子里，舔着凉凉的冰棍，听塑料拖鞋踏在凉凉的水泥台阶上所发出的清脆响声。

我是格外喜欢小动物的孩子，也许这就是童年生活给予我的一笔财富吧。不用说在雨后的早晨挑起一条长长的蚯蚓拿回家给院子里的植物松土；不用说在一场下得天昏地暗的瓢泼大雨后从密密麻麻的迎春花丛中掏出一只被打落的小喜鹊；不用说在得到邻家奶奶送我的一只小麻雀后高兴得过了头，以至于一失手将它放飞；不用说为了收集一小瓶的光亮而找了一晚上的萤火虫；更不用说和楼下工地的一条小黄狗结下了深厚的友谊……真的，什么都喜欢。记得一次上体育课，班上的女生因为看到了一只沫蝉（这是学名，俗称"花大姐"）而害怕得大呼小叫时，我忍不住想笑，从不觉得这些小动物有多可怕，如果用心感觉，它们其实都很可爱。

不知不觉中过了一年又一年，姥姥家搬到了旁边的一幢高楼里，而那带给我美好童年的小院也被拔地而起的高楼所代替，我永远告别了我的小院，可爱的小院，美丽的小院，那个装满我童年五彩之梦的地方。

再也不能在凉爽的夏夜和伙伴们坐在牵牛花架下望着星星

讲着鬼故事了，心里虽然害怕得要命但脸上还要装出一份镇定从容；再也不能每天把鸟笼换个位置来和邻居家的老猫斗智斗勇了，虽然经常被那只狡猾、可恶的老猫气得哇哇大叫；再也不能捞上几只蝌蚪来观察它如何变成青蛙了，虽然大多数没变成青蛙而是丑陋的癞蛤蟆；再也找不到那些一闪一闪的"小精灵"了，然后躺在床上看着瓶子里的光亮兴奋得一晚上睡不着；再也不能在那棵老槐树下掬一捧槐花抛向空中了，和伙伴们相互对望然后莫名其妙地傻笑，再也不能……有一种快乐，再不会重来！

如今，每当与朋友们说起童年的生活和我儿时的小院时，依然是眉飞色舞，滔滔不绝，但随着年龄的增长和越来越大的学习压力，感觉那份快乐好像离我越来越远，难道这就是成长所要付出的代价？

坐在窗边呆呆地望向小院的方向，我陷入沉思，苦思冥想，我找不到答案。回过头望着墙上那一张张奖状和书柜里的一个个奖杯时，我突然释怀，原来这就是成长。儿时的成长记忆已成为我最美的回忆和宝贵的财富，现在的我拥有同样的快乐和更多的精彩。认真过好生命中的每一天，只要用心感受，每一天都是多姿多彩的，因为努力，所以快乐！

心灵寄语

一开篇，我们看到的是作者诗意的文字描写的田园风光，田园生活。然而接下来看到的是这种诗意很快消失后的荒芜与失落。小院被高楼替代，田园被土地覆盖，而无忧无虑的童年时光被中学的学习与压力所挤退。这一切都形成了相应的对立，一切都在变化，一切都在消失，与"我"的成长相伴相随。

对比文章前后的景象，不由得人心生感叹。小蝌蚪、蝉的大合唱、丝瓜、牵牛花、蚯蚓、小喜鹊、瓶子里的萤火虫、小黄狗以及花大姐，这些美好的事物，美好的故事，无忧的童年，随着城市的变迁，一个人的长大，而逐渐远去。

这种感觉让人茫然失措。是一种必然吗？是需要我们思考的问题！

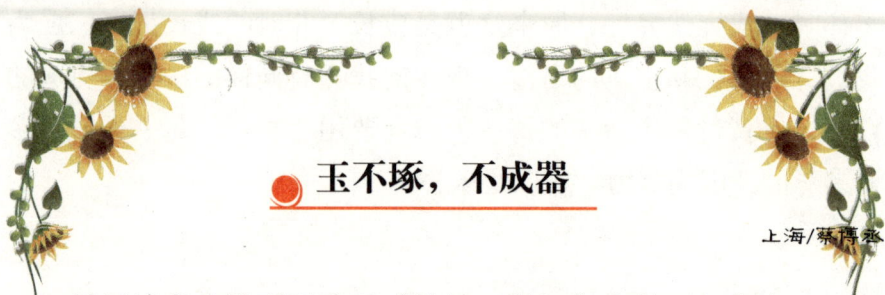

玉不琢，不成器

上海/蔡傅孜

　　最近读书我学到了孔子《礼记·学记》中的一句名言："玉不琢，不成器；人不学，不知义。"大概的意思是一块美玉如果不经过精雕细琢就不可能成为一个精致的玉器，人如果不认真学习，就永远不会懂得许多知识和道理。这让我想起了2008年暑假去美国加州参加"骑马夏令营"的一段终生难忘的经历。那次夏令营，我，一个对于骑马毫无经验又十分惧怕的胆小鬼，在教练的辅导和自己的认真刻苦练习下，终于成为了一名能够骑着高头大马在美国西部大草原自由奔腾的勇敢小骑士。

　　记得夏令营的第一天，教练先为每个学员分配了各自的马，我的马是一匹叫Teddy的高头骏马，它屁股上有一个闪电型的标记，看上去很酷。我趁教练不注意偷偷去摸那闪电标记，结果没想到Teddy突然用后蹄子向我踹来，还好我躲闪得快，不然不知会被它踢成什么样子呢！教练一边安慰我一边说："马屁股绝对摸不得，它如果感觉到你不会骑马就会欺负你的，所以要想骑好马，就一定要先和它交朋友。这就好比要雕琢一块玉器，你就要先选材并且了解它才可以。"于是我就花时间给Teddy喂胡萝卜，还帮它洗澡、梳鬃毛、上马鞍……经过两天的朝夕相处，Teddy真的成了我的好朋友，高兴的时候它还会把头凑过来在我身上蹭蹭呢。

　　接下来的日子就是艰苦的骑马训练，我们的目的是能够骑在马背上确保不摔下来的同时要对它发出前进、后退、左转、右转的指令。记得第一次骑在马背上，我按照教练教的指令用腿脚用力夹Teddy的肚子示意它向前走，结果它却低头吃起草来。后来经教练指点，我才明白原来我手脚并用所发出的指令是互相矛盾的。我一方面用脚夹马肚子让它前进，而另一方面又同时用双手往后猛拉缰绳，这样其实是在示意它停步，结果Teddy不知如何是好，就只好低头吃草了。知道了问题的所在，我开始一遍又一遍地练习如何驾驭Teddy，我用左手轻轻拉马头左边的缰绳示意它左转，同时我学着教练的样子嘴里发出"喷喷"声，示意它前进。

　　经过反复几次，Teddy开始理解我的手势并好像能听懂我的口令了，因为它真的慢慢向左前行了！当然，有时调皮的Teddy还是会让我吃点苦头的，比如它总是喜欢快步小跑，把我的屁股颠得特别痛，有好几次都痛得我差点哭鼻子呢。不过，我还是咬着牙坚持下来了，在教练耐心的指导和帮助下，我每一天都大汗淋漓地反复练习，认真琢磨每一个动作的要领。

　　经过一个星期的训练，虽然我的大腿磨

红了，脚也磨出了泡，但当我能够骑在Teddy背上让它听从我的命令带我去任何我想去的地方时，我心里真的有说不出的开心！现在想起来，教练指点我练习马术的过程其实就好比工匠雕琢玉器的过程，要不断经过打磨、修正才可以。

通过参加美国加州骑马夏令营学习骑马的经历，我深深懂得了"玉不琢、不成器"的真正含义：教练一次又一次的"雕琢"我，才会让我成为出众的小骑士。更让我领悟到在成长的道路上，勇敢地接受挑战，历经磨炼，这样才能像一块被雕琢过的美玉，成为真正的有用之材。

心灵寄语

如何揭示孔子《礼记·学记》的一句名言："玉不琢，不成器；人不学，不知义"的思想，是文章写作的关键之处。作者在题材的选取上，通过"2008年暑假去美国加州参加'骑马夏令营'的一段难忘的经历"，很好的确立了这一作品的主题思想。

在表述中，作者不是简单的叙述，而是选取了几个节点进行了细致的描写。如：不理解马的习性去摸马屁股，差点被马踢，教练为此说出"马屁股绝对摸不得"的认知过程，还有在教练的指导下，真正的弄懂驾驭马匹的指令等，都是通过掌握骑马技能磨炼过程中几个典型细节，使"玉不琢，不成器，人不学，不知义"的道理自然流露，水到渠成。

诚信是金

北京/宇斯洋

诚信，是人生中最重要的一部分。从石器时代到现在的21世纪，人们的思维改变了，人们的理念改变了，但是诚信，这种传统美德依旧不会改变。

罗曼·罗兰说过：诚信是美德花园中最美丽的花朵。是啊，诚信是多么重要，它使我们的心灵得到净化，使我们的社会更加美好。

我曾经学过这样一篇课文，说的是一位父亲带着儿子在夜里去钓鱼，儿子钓到了一条十几斤重的大鲈鱼。父亲一看表，还没有到规定的捕捞时间，就把鱼又放回了水里。父亲放弃了大鱼，却让诚信驻入了儿子的心间。几十年后，儿子用诚信赢得了事业的成功和别人的爱戴。

我也有一个重视诚信教育的家庭。我从小就在爷爷奶奶身边长大，他们都是军队的退休干部。我的奶奶懂俄语，在她刚退休后一个偶然的机会遇到了一位来中国做生意的俄罗斯籍犹太人依玛尼尔，我奶奶给依玛尼尔做翻译。

奶奶说，有一次进货多而复杂，既有银行转账又有现金交易。不知在哪个环节出了差错，依玛尼尔少算了两万美元。奶奶让依玛尼尔再仔细核算，说她的账上多了两万美元。依玛尼尔坚持说他算对了，多了的钱就归奶奶。这两万美元按当时的汇率约

合十七万人民币，这样一来，对当时的我们家来说可就发了大财了。但奶奶说，这钱不是她的，她绝对不能要，既然现在对不出账来，那就先存在银行里。后来过了一个多月，依玛尼尔才发现是自己算错了。他非常感谢奶奶，也更加信任奶奶。从此，奶奶就成了依玛尼尔在中国的代理人。

言传身教，耳濡目染，使我越来越认识到诚信的意义，并从日常言行中力争严格要求自己。

诚信是多么的重要啊！可我们身边有些人为了自己的利益，竟不惜抛弃诚信，来换取那些物质享受。日常生活中我们会遇到：在水果铺里的称上看是四斤多，回家一称还不足两斤；在服装店里说是进口服装，回家一看是地地道道的"中国制造"……某些人这样做让人民损失了多少利益，让他们自己的品质变得多么肮脏！他们的做法是不得人心的，是被人民所唾弃的。

诚信，可以使一个人品德高尚，可以使一家企业活力倍增，可以使一个国家繁荣昌盛。拥有诚信，刻苦努力，我们就会拥有美好的一切。诚信是金，让我们携起手来共同努力，诚信之花就能开遍全国，诚信之誉就能传遍全世界！

心灵寄语

诚信体现出做人的原则，我们信赖具有诚信美德的人。

《诚信是金》一文，作者由诚信这一话题展开，娓娓道来奶奶的故事，奶奶的质朴、诚信赢得了异国友人的好感和敬佩。

文章在开篇部分引用的名言恰当、形象。诚信也体现在一件件小事上，尽己所能去完成允诺的事情，生活将会更有意义。

现今一些不良现象让人担忧，摒弃诚信的人只能自食恶果。诚信美德不能丢弃，我们愈来愈感受到诚信的可贵。

该文选取的事例很好，具有较强的说服力，表达真切、自然。

列车伴我"独行"

北京/李思薇

火车轰隆隆地开着，我的眼泪止不住地往下流。火车那有节奏的响声像是给我伴奏一样……隆隆声伴我独行。

那是2005年我在深圳上三年级时，放暑假说好了和姥姥一起回兰州看我姨姥姥的，在临走前两天突然接到通知——八月六日在北京小汤山进行全国少儿钢琴演奏选拔赛。原来我在深圳地区钢琴演奏选拔赛上得了银奖，因此入选到北京参加比赛。

我甭提有多高兴了，一下子跳了起来，我们全家都跟着我一起高兴，姥姥拿着通知看了又看，嘴里还不停地念叨着：我们宝贝外孙长本事了……爸爸妈妈也在不停地鼓励我，这一天我们都在愉快中度过。可是到了晚上我忽然想起去兰州的事，去问姥姥，姥姥说我不能去了。我的脸一下子由晴变阴，经过大家一起商量后决定我从北京比赛完就去兰州找姥姥。

八月六日比赛完了，我急切地要求爸爸妈妈送我到兰州，可爸妈工作忙，根本请不下假脱不开身，我只好自己锻炼锻炼，独自坐车去兰州找姥姥。我从小跟姥姥一起生活，从来没有独立过，何况这么远的路，但由于我特别想姥姥，也只好答应了，开始收拾行装，准备"独行"。

我找出小书包，装了几件换洗的衣服，又装上妈妈买的零食，东西准备好了，可我觉得心里空落落的，有点怕，毕竟我是第一次独自出远门。遇上坏人怎么办？天黑了怎么办？坐过站怎么办？好多的问题在我脑海里出现。这时我再次请求妈妈："还是您带我去吧！"妈妈说："不是说好了在这里我们把你送上车，到了兰州姥姥到车站接你吗，现在你都九岁了，应该自己锻炼锻炼了。"让妈妈送的要求落空了，我心里直犯嘀咕，就这样忐忑不安的又过了一天。

晚上七点多钟的车，我饭也没吃多少，爸妈交代我和安慰我的话，我几乎一句也没听进去，只是点头，心里却乱得很，不知道在想什么。妈妈把我送到了车站。车进站了，我眼前晃来晃去全是人，拿行李的，提箱子的，抱小孩的。人挤来挤去，嘈杂的声音此起彼伏，好不热闹。我上了十号硬卧车厢18号铺位，糊里

糊涂地坐了下来。妈妈正向一位列车员说着什么，只见那位女列车员中等身材，圆圆的脸，扎着一个马尾辫，穿一件白色短袖衬衫，蓝色制服裤，显得很精神。只听她和气地对妈妈说："没问题，你放心吧。"

这时我的眼泪直在眼圈里打转转，后来忍住了。车徐徐地开动了，妈妈站在站台上向我招手，我的眼泪一下子像泉涌似的流了出来。看着妈妈的身影越来越小，我大哭了起来，全然不顾别人的眼神。列车员阿姨和旁边的一位老奶奶劝我，渐渐地我止住了哭声，向窗外望去，夕阳西下的景色还真迷人，我暂时忘记了害怕。

天渐渐地黑了下来，要熄灯睡觉了。我的心又沉了下去，像是跌入了深谷，冰冷害怕。耳边也只有火车的隆隆声，这时我闭上眼睛，想到在家里总有人陪伴在我旁边，多好啊！而现在只有我自己，旁边都是陌生人。夜晚除了列车开动的轰隆声，已经没有了其他声音，车上的人们都已入睡，我却翻来覆去睡不着，这时我想到少年赖宁、想到了王小二、想到了十佳少先队员，他们和我现在的年龄相仿，却能与敌人作斗争，我遇到这一点点困难就退缩吗？不！我已经九岁了，应该能独自应对事情了，不就是自己坐个火车而已嘛！我才不怕呢。

渐渐的，我随着火车的摇动睡着了。忽然，一阵巨大的晃动使我醒了过来，一看表才凌晨四点多，周围黑糊糊的，什么也看不清，只有地灯发出昏暗的灯光，我翻了一下身，叹了一口气，这时我听见旁边的奶奶轻轻地对我说："别怕呀孩子，有奶奶我在呢！"

天渐渐亮了，奶奶讲故事给我听，尽量让我高兴，列车员阿姨也走了过来，问我睡好没有，还给我端来早点，我心里热乎乎的，感到一阵暖流流入我的心窝。我不再孤独，我不是"独行"！

随着车轮隆隆的响声，列车到站了。我收拾好小书包，随着人流搀扶着邻座的老奶奶下了车，在接站的人群中寻觅着姥姥的身影。终于见到了姥姥，我把独行的经过讲给姥姥听，姥姥紧紧地把我搂在怀里说："璇璇你真棒！独行计划圆满完成。"不知为什么，我的眼泪又一次忍不住流了下来……

心灵寄语

第一次出远门，而且是从北京到兰州，十几个小时，一个人，九岁的年龄。这听起来确实有点难度。

但这个高难度的事情，还是被我们可爱而勇敢的李思璇实现了。

虽然这个独行的过程也经历了紧张、大哭和无助，但是在同车厢奶奶，还有列车员的关怀下，划上了一个圆满的句号。

本文写得很真实，因为是作者的亲身经历，所以语言与表达上都是非常自然的，富有感染力。

牵手印象

天津/穆禹诺

　　林荫路间，树影婆娑，摇曳着阳光的影子，空气里弥漫着花儿的薰香，盛夏的脚步飘然而至。又到夏天，又长了一岁；又到夏天，脑海深处的记忆剪影般浮现在眼前。

温暖的手

　　那天是五岁的生日，星期日。窗外一阵鸟鸣唤醒了睡梦中的我，揉揉眼，伸懒腰，爬起床。爸妈说今天要带我去公园滑旱

冰。虽然我还不太会，但我喜欢那种被爸妈拉着手，被他们保护的感觉。"宝贝儿，走啦！"妈妈一声呼唤，我们出发了。一路乘公交车，到了公园。

我穿上了旱冰鞋，在爸妈的搀扶下颤颤巍巍地站了起来。一个不稳，险些仰过去，爸爸结实的大手却拽住了我纤细的胳膊。就这样，爸爸拉着我的左手，妈妈拉着我的右手，我的身子小心翼翼地前倾，试着滑了下去……

踏实的手

那天是七岁生日的前一天。星期一，运动会。我急匆匆地奔向班主任，稚嫩的小脸被汗水和泥土抹得脏兮兮的，因为我刚刚参加完200米接力赛跑。老师摸摸我的头，又抽出一张纸巾抹去我脸上的脏土，拉起我被汗水浸湿的手走向教育处。一路上，我仿佛很高兴，还一蹦一跳的。我触到老师厚厚的、胖胖的大手

时，心立刻就踏实了。我看着老师的手牵着我的手，顿时一种自豪感涌现出来……

感动的手

那天是十二岁的生日，星期六，升学考试的日子。我没有遇到困难时不喜欢跟别人搭讪，但我很高兴别人主动和我聊天。眼前这个女孩的妈妈和我妈妈聊了起来，我们闲得无聊，就也开始聊了。聊的是各自的成绩，她一脸的真诚让我感到无比亲近，我们仿佛是一对失散多年的老朋友，天南海北地拉开了话题。

终于要进考场了，大量的人流冲散了我们。在我来回张望中，一只手拽住了我，手的主人竟是那个女孩。我们相视一笑，彼此抓住对方的手，不再分开。拉手的一瞬间，我好像被什么感动了，是缘分？是友情？走出那个学校后，我再也没见过她，真的很后悔没有留下联系方式和姓名……

今天刚刚过完十五岁的生日，我惊愕，在一次次牵手中，我度过了一年又一年。那种再也不会有的温暖，再也不会有的踏实，再也不会有的感动，给了我多少次鼓励与支持，是那么可贵，令我向往。他们拉着我的手——一直走下去。

　　"吱——吱——"夏日里第一声蝉鸣催促着我的心，我会珍惜，在今后的每一步，每一次牵手。

心灵寄语

　　在这篇文章里，穆禹诺同学记叙了成长中的三个小片段，描述具体形象，语言较简洁自然。

　　孩童时期，爸爸妈妈拉着孩子的小手一起走的情景很温馨。文章里，爸妈拉着"我"慢慢滑冰，"我"不胆怯了，自信起来，"试着滑了下去"；老师在"我"参加完接力赛跑，牵着"我"的手，"心立刻就踏实了"。这两个片段描写了大人牵着"我"的手美好的感受。收尾部分，作者记叙了同龄女孩拉着"我"一起走进考场，"我"有些感动了。

　　文章选择素材很好，表达清新、自然。

我与低碳生活

目前，低碳是世界环保的主要话题，也是每个公民应有的意识，应尽的义务。我知道城市在宣传倡导低碳生活，我渐渐懂了并开始了"低碳生活"。

首先，低碳的生活方式，就是在生活细节上注重节能减耗。除了做作业必须开灯之外，其余事情都靠窗外的照明来相助。因为我们家的客厅大，窗外的照明灯照进来都可以醒目地看到室内的一切，吃饭时，真像一桌"烛光晚餐"！

只要我洗好手，就把水龙头拧得紧紧的，不让水"逃"出来，这样，我就可以安心了。而且我也常常提醒身边的人把水龙头关紧，不要浪费水资源！

低碳意识和行为影响着身边的每一个人。当夜幕降临，晚饭过后，路边的霓虹灯为夜晚增添了一份光彩，老爸总是把家里所有的灯都关掉，只剩下一片伸手不见五指的黑暗，然后，趴在窗户上，一边欣赏路边的风景，一边唱着一首歌："月亮代表我的心……"虽然五音不全，但也自得其乐。

养花是妈妈的爱好，家里的吊兰、常春藤一年四季都是绿意盎然。在每个炎炎的夏日，妈妈总会把花搬进家里，大家看着那些绿色，吮吸这些植物的清香，心中顿时感觉丝丝的凉意，有了好空气又很养眼，真是一举两得啊！这么好的家居环境，并且充满了创意的小欢乐。

夏日炎炎的时候，我觉得家里闷热，开着空调又太浪费。于是，我想让妈妈陪我一起去游泳。妈妈对我说："我们打车去吧。"我摇摇头，说："打车去耗能源，游泳馆离咱们家不算太远，我们还是坐公交车去吧。"妈妈称赞说："好主意，你真是个懂得节约的孩子。"于是，我和妈妈坐着公交车来到游泳馆。这样，既锻炼身体，又节约能源，真是一举两得。

低碳并不需要做出惊天动地的壮举，身边小事就能表现出我们的时代素质。做到低碳环保只是一种态度，而不是能力，我们应该从节电、节水、节碳、节油和节气这种小事做起，一起去建立低碳绿色的生活方式。只要我们大家一起去行动，就一定可以让我们的生活更加低碳环保，从而让我们共同的地球拥有更美好的明天。

心灵寄语

从身边的小事做起，从身边的小事写起，王艺晓在文章中通过自己和家人的一言一行，为我们介绍了如何在"低碳生活"的倡导活动中尽自己的一份责任。文章语言朴实，无任何雕琢痕迹，读来真实自然。

低碳生活，对于每一个人，不仅是一种态度，也是一种自然而然去节约身边各种资源的生活习惯，正如作者所言"低碳并不需要做出惊天动地的壮举，身边小事就能表现出我们的时代素质"，作者在文章中也正是用自己的切身行动来宣传倡导低碳生活，当然这些也离不开作者爸爸妈妈的鼓励和配合。希望王艺晓的这篇《我与低碳生活》使大家有所感触，从而在建立低碳绿色的生活中有所行动。

都是电视惹的祸

湖南/蒋卓航

　　"朋友请你听我说，看电视次数不能多，教训千万要记住，否则眼睛受折磨……"

　　以上的感慨是我在得知自己眼睛已经近视的时候发出的，究其原因，就是平时没有好好保护眼睛，尤其是电视看得太多了。万万想不到的是，我曾经爱如珍宝的电视，居然对我"恩将仇报"，把自己的主人——也就是我，害到如此地步。

　　"啪——"惊堂木一拍，小孩没娘，说来话长。想当年，我家淘汰了原来的破旧电视，花了高价将一个超级漂亮的"罪犯"——最新超薄数字型的电视机买了回来。看着它，我真是满心欢喜，左看右看，上看下看，怎么看怎么喜欢。一按开关，更不得了啦，那么鲜艳靓丽的色彩，那么丰富多彩的节目，一下子就把我"俘虏"了。几天下来，我对它简直爱不释手，恨不得天天坐在它面前从早看到晚。可谁又能想到呢？电视机，这个害人的罪魁祸首，此刻一定在背地里偷偷摸摸地笑呢，对我们这些沉迷于电视节目的孩子，它一如既往地采用了入侵式的伤害计划，只是我还被蒙在鼓里，对它的害处浑然不觉。

　　随着对电视机的好感越来越高，它的成功率也在逐渐上升。又过了一段时间，它的成功率达到了80%。恰好这时，数字电视开通了，越来越多的节目让我爱不释手。特别是动画片，那更是

让我超级喜欢。

　　"嘻嘻嘻……哈哈哈……吼吼吼……"几乎每天都会听到我各种各样的笑声。动画片实在太好看了，我这个忠实观众每天准点守着看。丝毫没有注意到，我离电视的距离正在减小，由坐在沙发上，变成了坐在茶几前，再变成了站在电视前……

　　警报逐渐拉响了，最早是最关心我的老妈引起了警觉，成天提醒我坐远一点，还威胁我说再站在电视前就关电视。我嘴上答应得好好的，可是老妈一转身，我就身不由己地又从沙发上移到了电视前。

　　慢慢的，站在电视前看好像也不过瘾了，老妈的提醒声也不管用了，一不留神，我就跟电视来了个"亲密接触"，现在它离我的距离应该不超过半米了。这样子看着，图像超清晰，色彩超炫丽，这个时候，我的眼里只有电视节目的画面，完全没想到眼

睛能否受得住。唉，当时眼睛肯定是欲哭无泪吧！

可是该死的电视丝毫不"心软"，反而变本加厉地搬出了更多好节目，看完一部又一部，看完一集又一集，一天一天，好像永远都不会完。弄得我是眼花缭乱，应接不暇，恨不得变出无数双眼睛来看电视。

恐怖的一天终于到来了，那天我坐在教室里，如往常般拿出本子准备抄黑板上的作业题。谁知这一看麻烦来了，那些字全是模模糊糊的，眯着眼睛看了好久才勉强把题目抄完。我吓坏了，我现在才坐第四排就看不清了，这样下去，不会成瞎子吧？！

在回家的路上，我不停地提醒自己，坚决不能再看电视了，一定要保护好眼睛。可是刚吃完饭，我就忍不住又打开电视，还

安慰自己："今天再看一次吧，明天坚决不看了。"可是明日复明日，明日何其多。在我矛盾的心情下，电视还是一天没少地天天看。有天吃饭时，老妈发现我看电视时眼睛快眯成一条缝了，连忙问我看东西是不是模糊，在学校能看得清黑板上的字吗？我愣了愣，想了一下，还是决定对老妈实话实说。老妈一听就着急了，连声说："这是近视的表现啊！以后再不能看电视了。明天就去买一个眼保仪，先做着，看看有没有效果。"

我老老实实地拒绝了几天电视的诱惑，每天按时做眼睛保健，一周下来，我又忍不住了，趁着老妈没下班，赶紧又搜出喜欢的节目津津有味地看了起来。时间眨眼而过，最近，眼保仪好像越来越没作用了，以前一做完就能感觉有眼前一亮的感觉，现在做了半天什么感觉也没有。索性把它扔在一边，再不用了。

我的视力越来越低了，眯眼看东西已经成了习惯，而且不眯细眼睛的话，稍远一点就看不清了。老妈更着急了，强行拉着我去检查，这不查不知道，一查吓一跳。原来我真的已经近视了，度数还不浅，左眼200，右眼250，医生说如果不注意以后还会

加深。

这次是真的下定决心要和电视说"拜拜"了，可是，我发现，我拒绝电视的勇气是那么弱，它仿佛给我下了"魔咒"一般，我的精神都快被它控制了，只要一有空闲，我就忍不住要开电视。我就像踏进了泥沼一般，无论挣扎还是纹丝不动，都不由自主地往下陷。

那一刻，我甚至想把电视砸得粉碎。天哪！我该怎样拒绝电视的诱惑？又该怎样，才能恢复我的视力？

心灵寄语

凡事要有度！这是这篇文章要告诉我们的一个真理。

本文讲述的就是因爱看电视，直到眼睛变近视的过程。因为喜欢看电视，而且是很长时间地看，以致眼睛离电视机越来越近，直到上学时看黑板上的字都模糊一片。终于下决心不看电视，少看电视，让眼睛恢复健康，可是总是明日复明日的往后拖，乃至被医生警告，还是受不了电视的诱惑，不能自拔。

作者的这种行为与心态，我相信是很多人经历过的。所以作者把亲历的事件写出来，不管是寻求帮助，还是反面的教材，都有着以身说法的意义。

所以，一个人要学会克制，是多么重要的事情，放任与迁就自己，有时后果相当的严重。

3

马克的死亡

霞客晚忆

山西/何捷烨

歇了笔，草稿上的墨迹未干。我站起身来，回顾屋中案上，书架上堆满的草稿，心中不由得一阵惬意。徐徐漫步出门，翠绿的竹林中摆着一些奇形怪状的石头，走过去，抚摸着，这像是书中说的页岩，有的石头形状像一颗仙桃，"噢，这块是在黄山拾回来的。"

"五岳归来不看山，黄山归来不看岳。"斜背行囊，我来到了黄山天都峰下。平坦的长江中下游平原上突起这样一座云绕腰间的天都峰。据说，这乃是一座处女峰。拉拉包袱，踏上征程。

三尺宽的青松仿佛直立在天地之间，一棵棵奇松在天地间挣扎生长。一步一步，手先拽拽崖上的青松，脚在直立的悬崖间摸索到一个可踏之处，再用一脚寻找另一处。渐渐，手按着松树，脚踏着松树……一次又一次的重复间，日渐西斜，向上仰望，墨黑的青山仍有半段铁青着脸，冷眼看向我。终于在这飞鸟而居的崖上找到了一个栖身之处，一方长不过四尺，宽不足三尺的山台，且憩一时。解开包袱，吃了点干粮，山风撩乱了我的花发，冷冷的月光照在身上，不时一阵战栗，幸好有星辰为伴。

次日，虽已疲惫不堪，但顶峰尚远，仍需攀登。突然，一处踏脚未稳，另一脚还未踩好，只有两手拉着松树，悬在崖上。心紧了，唯恐葬生于此，求生的欲望显得越发强烈，手握得更紧了，脚也小心翼翼地寻找到一个安身之处，心微放松，我继续攀爬……

站在峰顶的那一刻，烈日当头，向东望去，海波汹涌；向四周眺望，一览众山小；向崖下俯视，云雾奇松。站在峰顶的感觉真好。

徜徉在往日的旅途回忆中，忘记了自己的华发，久衰的心也恢复了活力。是呀！此生虽无功名利禄，但已游遍祖国大江南北，有此足矣。转身回屋，留下一抹艳丽的夕阳。

❤心灵寄语 ❤

风餐露宿、栉风沐雨，探险者对此体验得更深。明代旅行家、探险家徐霞客不畏艰险，身体力行，游历于名山大川，他坚持写日记，给后人留下了宝贵的地理材料。何桂烨的文章《霞客晚忆》，勾勒了晚年的徐霞客在整理游历日记期间回忆往事的情景，联想自然。文章首段，徐霞客在竹林里抚摸着从黄山拾的一块石，沉浸于游历的回忆中。作者表达比较含蓄，语言简洁。

作者以第一人称叙事，着重体现了"我"克服阻力、敢为人先的一面。文中描述"我"攀登黄山天都峰，来到飞鸟而居的崖上，身处险境，继续登顶。这一过程描写生动。徐霞客二十二岁就开始外出旅游，历经三十四年，直到生命终止，他晚年的旅行生涯是在云南省西南部度过的。他对各地的奇岩异石有浓厚的兴趣，这篇文章以"我"看到黄山石展开思路，比较合理。

寸草心

辽宁/宫嘉眠

　　时光的车轮缓缓地碾过如梦的青春，不知不觉。悄然抬首，三年的光阴已从指尖划过。在那尚泛着光影的校园生活里，我独捧一颗沉甸甸的寸草心，追寻回忆。

　　蔷薇花开，几度暗香来。又逢春暖花开之时，清晨的阳光将窗前花朵娇小的身影斜斜地打在黑板上，您的手指在摇曳的花影中轻盈地跃动，留下一行行整齐而娟秀的字迹，绚烂的阳光顽皮地在您那飘逸的长发上翻飞。蓦然，您抬首，潇洒地挥起手臂，酣畅淋漓地向前方指指点点。啊，老师，您的一颦一笑，像极了一朵正盛开的牡丹，伴着您轻柔的话语，永久地镌刻在我的记忆之中。

　　雨意微歇，花苞颔首低眉，娇嫩欲滴，常怀一颗寸草之心，只为一日傲然怒放，以报阳光三年养育之恩。师生情谊，怎能相忘？

　　柳絮飘飞，悠悠思缠绵。柔弱似无骨的柳树，依然在风中尽现婀娜，映衬着我们永生无法忘记的友谊。蔚蓝的天空下坐着失落的我，由远及近飘来了你清脆的竹笛。"怎么了？还在为成绩的不理想而烦恼吗？"笛声止，取而代之的是一只温暖的手。"只一次，没什么好担心的，相信我，下次，你会更棒！"回头的瞬间，四目相对，水气氤氲，阳春的柳条轻抚过面颊，纷飞地舞碎明媚的阳光，倾泻在你的脸上。十指相扣，真情弥漫。你，我的挚友。站起身，树下的我们肩靠肩，手捧那宝贵的寸草心，在那悠扬的笛声中信步向前。

白雾将歇，柳枝轻颤曼舞，含蓄内敛，只为见证一个微笑，一份真情，一份地久与天长。

在追逐梦想的旅途中，我微笑着看成长的路上花开花落，前方的天空云卷云舒。带着一颗溢满感激与真情的寸草之心，隅隅独行……

心灵寄语

"谁言寸草心，报得三春晖。"孟郊《游子吟》里的这句诗，辛酸了多少游子的心。"寸草心"原意代表对慈母的孝心，但作者在这里引申为对老师的感恩之心和对友情的诚挚之心，巧妙运用古诗中铺垫的情感基调，以"寸草心"来贯穿全文，读来更添一份内涵。语言优美，行文流畅，但文章雕琢痕迹尚存，不够自然圆润。

春游沙坡头

宁夏/刘熙春

"大漠孤烟直，长河落日圆。"这是唐代大诗人王维公元737年春在《使至塞上》一诗中的千古绝唱。

自从我在四年级语文书上学过后，又受到"宁夏沙坡头：大漠、黄河、高山、绿洲的交响乐"旅游广告词的鼓动，就萌生了春游沙坡头的念头。

今年清明节，我说服了爸妈，邀请了妹妹，于4月5日早晨8点，从银川驱车行程180公里，到国家5A级旅游景区——沙坡头一日游。

沙坡头旅游区，位于宁夏中卫市以西16公里的腾格里沙漠东南边缘处，浩瀚无垠的中国第四大沙漠（腾格里沙漠）由北面滚滚而来，迫于母亲河的阻拦，乖乖伏首在黄河北岸的宁夏香山脚下，形成了一条长2000米、高160米的沙漠瀑布，这就是驰名中外的沙坡头。

11点，我们不顾旅途的疲倦，下车就急忙排队买了票，兴奋地跑进旅游区大门，深一脚浅一脚地登上了沙坡头顶峰。

站在沙坡头的最高处，放眼望去，远近视野之内，到处都是金灿灿的令人叫绝的"五美"黄沙：色彩美、柔和美、曲线美、荒凉美、壮阔美，真令人陶醉。

我按捺不住强烈的冲动，像猿猴一样一跃而起地跳进沙滩，身体摔在软软的沙子上，真舒服。躺在沙滩上，就仿佛躺在最柔软、最舒服的温床上。微风一过，细小的沙粒便随着风娃娃飞走了。

此时的风，已不像别处那样无影无形，而是变成了金黄色的彩带。我在沙滩上忘乎所以地跑着，时不时还会摔几跤，虽然摔了跤，却不觉得疼痛，继续在沙滩上狂跑着。黄沙已经灌满了我的鞋子，我感到累赘，索性把鞋和袜子都脱了，赤脚在沙滩上玩。妹妹和爸爸也紧随着我的脚步，爸爸坐着，用身体推移大堆大堆的沙子，再将我和妹妹向前推进，我们感到像是坐流动的"沙车"，非常好玩。妈妈也不失时机地为我们拍照，把这美好的瞬间留了下来。

沙滩下面是沙地，沙地上种植着十几棵柳树和十几棵白杨。树旁还有一条潺潺流水的小溪，小溪浅底全是金色的沙子。柳树枝调皮地跳入到那浅浅的小溪中洗头，它也要体验沙坡头赐予的温热。

小溪旁还有几套桌椅，不过可不是木桌椅，而是人工用水泥做的休憩设备，人们可以在那里小憩、简单用餐。离桌椅的不远处，有一口大钟，即沙坡鸣钟。大钟分八面，每面都刻着八卦的图案，据说撞这口鸣钟：一撞清心除忧，二撞消灾免祸，三撞降祥遂愿。我好奇地走过去使劲敲了三下，呀！声音清脆、悦耳悠扬，但愿能给我们带来福气。

　　休息过后，我们直奔码头。一个很会做生意的大姐姐赶忙热情地向我们宣传坐船的好处，妈妈被她的甜言蜜语打动了，"坐上船游一圈吧！"妈妈说，我们买票坐上了汽艇。汽艇在博大的母亲河中飞快地行驶。刚才无精打采的妈妈现在却精神焕发地忙着拍照，脸上露出甜美的笑容。

　　船飞快地行驶，溅出的水花此起彼伏。不知是我有魅力，还是水花喜欢和我嬉戏，那些水花都争先恐后地朝我扑来，不一会儿，我的全身都被打湿了，脸也被冲洗了个痛快，不停地往下滴水，"没事，就当做是母亲河对我的奖赏！"我高兴地大声说。汽艇开到了黄河290度的大转弯处，战国、秦古长城、古老水车、双狮山、悬崖绝壁，尽收眼底。石壁上的那些奇异图形，如"老两口"、"七姊妹"、"洋人招手"、"如来神掌"，"白马拉缰"，引出我的许多遐想……

"哎呀！什么味道？"妹妹大声叫着，我和妈妈下意识地捂住鼻子，眼睛扫视周边。"是骆驼的气味。"爸爸肯定地说。果然，不远处有一家骆驼场，我兴奋地跑到爸爸身边说："老爸，咱俩过去骑骆驼吧！""OK！"爸爸果断地回答。

走进骆驼场，办好买票手续，一峰雪白的骆驼，驯服地跪在我的面前，牵骆驼的叔叔说："快点上去吧。"我迫不及待而又吃力地跨到高大的骆驼背上。"啊！"我大叫了一声，原来是骆

驼猛然起身，把我吓了一大跳。

　　骆驼大大的脚掌踩在松软的沙坡上，一颠一颠地走着，一点儿也不吃力，我也感觉很快乐，可惜没有拍照。不一会儿，我们就到了山顶，太阳笑呵呵地把大爱洒向人间，山下游人攒动，五颜六色的太阳伞形影不离地随主人移动，不时传来的呼喊声，说笑声，鸣钟声，构成沙坡头动听的交响乐，我感到心旷神怡。

　　刚缓过神来，爸爸提议我和他去玩滑沙，我当然求之不得。到了滑沙场，看见许多人都分别在四条赛道上跃跃欲试，我选中一队排号，同时拜托领队阿姨给爸爸留个号，爸爸就去买了票，赶来时正好轮到我们滑了。我坐在第一条沙道的滑沙板上，爸爸坐在第二条沙道的滑沙板上，我有点紧张地用双手紧握着两个刹车。"嗖、嗖、嗖"，好快呀，简直要飞起来了。我担心"倒栽葱"，急忙拉刹车，然而刹车拉得太紧又太早了，还没到终点就停下来了，爸爸首先滑到终点。我虽然没能获胜，但照样感到很过瘾。

　　"该玩的

都玩了，该撤了！"爸爸气喘吁吁地说。"唉，好吧。"我无奈地说。其实还有许多景点，如天下黄河第一索——"沙坡头黄河滑索"、黄河上最古老的运输工具——"羊皮筏子"还没来得及光顾。

就这样，我们叫上了妈妈和拣了很多彩石的妹妹，远望贺兰山隐去的红日，又匆匆忙忙地灌了几瓶黄河水，我们才恋恋不舍地坐上车，开始了回家的行程。

汽车在平坦的高速公路上疾行，不一会妈妈和妹妹就迷迷糊糊睡着了。我望着路旁有无限生命力的绿柳，挺拔的白杨，一片一片的麦苗，眨眼间路过久负盛名的枸杞之乡——中宁，很快地又把中宁黄河大桥抛在后边，转瞬间又到了青铜峡发电站、灵武枣园，心情久久不能平静。如今宁夏的"大漠"早已不是1200多年前王维笔下的"大漠"了，杨柳春风今又是，"换了人间"。如果时间允许，我真想再多游几次沙坡头。

🌀 心灵寄语 🌀

这篇游记很有特色，一是地域特色：驰名中外的宁夏中卫市黄河岸边的沙坡头沙漠瀑布；二是沙漠之美：色彩美、柔和美、曲线美、荒凉美以及壮阔美，还有沙坡鸣钟，母亲河畅游，骑骆驼，滑沙等，都是让读者渴望了解的东西。

游玩的地方虽然比较多，作者也是按游玩的路线，循序渐进地介绍，但不是走马观花、流水账似的记录，能做到详略得当，让读者感觉不到文章的冗长，做到描述起伏有致，颇有吸引力，使读者如同身临其境。而且作者描写游玩的过程，情绪饱满，富有激情，语言也比较生动活泼。

饮食连连看

福建/陈诺

俗话说得好，"民以食为天"。

中华民族是个讲究饮食的民族，而我的家乡——霞浦，当然也不例外。随着人们生活水平的提高，人们逐渐意识到：吃，不只是吃得饱、食能果腹，更重要的在于吃得健康，吃得绿色，吃得有情调。

下面，由我来当一名摄影师，为大家展示一幅家乡美丽、精彩的饮食画卷。

镜头一

时间：2009年3月10日19：30

地点：太康路美食街

傍晚，暮色降临，华灯初上。在霞浦太康路上搭起了一个个红的、黄的、蓝的、绿的，色彩鲜艳，形似蒙古包的帐篷。帐篷有大有小，色彩缤纷，把整条街装点得格外亮丽。这些帐篷，就是人们所熟知的"排档"。站在帐篷外，隐约可见里面闪动着的人影。人们豪爽的谈笑声和着杯盘清脆的碰撞声传出帐篷，成了这里一道独特的风景。不管帐篷外寒风多么刺骨、多么凛冽，夜色是多么黑暗无情，但帐篷内依然温暖如春。

镜头二

时间：2009年3月10日20：00

地点：肯得利餐厅

走进位于龙首路中段的肯得利餐厅，迎面而来的是阵阵孩子们的欢声笑语，装修考究的店面里早已围聚了一大群的食客。那些刚享受完汉堡、炸鸡和冰激凌的孩子们，纷纷窜进可爱豪华的餐厅游乐园，荡起了秋千，摇起了木马，滑起了滑梯……饿了，又蹦回去吃几口沙拉；累了，就靠在座椅上休息。他们放下了沉重的书包，忘却了所有的烦恼，在这里尽情蹦跳着，大声喊叫着，不知有多么快活。

镜头三

时间：2009年3月10日20：30

地点：“原典世家”西餐厅

此时此刻，在西餐厅内，播放着柔美的音乐，跳跃的音符伴随着阵阵馨香飘进人们心田。素色窗帘上掩着一层发亮的艳光纱，朦朦胧胧，富有诗意。顶上旋转着星星般的淡色小灯上，罩了层轻薄的透明丝绸，宛如蝉翼，却又形似雾霭，美如诗画，清新怡人。餐厅内充满了浪漫、神秘的气息。朋友三五成群，情侣两两对坐，淡淡的灯光，看不清人们脸上的表情，但足以感受到的是那份浓浓的和谐与惬意。

镜头四

时间：2009年3月10日21：00

地点：“美食美客”药膳厅

走在街头，一间间药膳厅随处可见。跨入其中一间仿木质店门，只看见黑压压的一大片人。其中，有服务员，厨师，清

洁员，有老人，也有孩子。顾客分坐在两旁漆着醒目颜色的桌椅上，三三两两，议论着最新时事，也议论着药膳的美味。孩子们呢，则结伴玩着有趣的游戏。终于，药膳端上来了。只见一口口砂锅中的药膳鸡（鸭）肉质松软，药草碧绿养眼，尝一口，药汤甘凉爽口，清香四溢，令人心旷神怡，似乎漫步于空气清新的田野乡间。

尾声

看完了这四段录像，你是否叹服于霞浦人关于"吃"的艺术呢？但你要知道，这，不是个例，而是霞浦饮食文化的一个缩影。

收起摄像机，漫步在街上，许多镜头勾起我琐碎的记忆，关于饮食，关于生活……橙黄的路灯在地上投出一个个美丽的剪影，余光下，灯光霓虹，在月色的澄净下，渐渐消失。

心灵寄语

作者不愧为"摄影师"，摄取的四个镜头，各具特色：太康路形似蒙古包的"排挡"帐篷；肯得利餐厅刚享受完汉堡、炸鸡、冰激凌又纷纷窜进游乐园的孩子们；"原典世家"西餐厅播放着柔美的音乐及浪漫、神秘气息，还有"美食美客"药膳厅的美味药膳，都在作者笔下构成了一幅幅美丽的图画，绚烂多彩。特别是结尾，收得很有特点："漫步在街上……橙黄的路灯在地上投出一个个美丽的剪影，余光下，灯光霓虹，在月色澄净下，渐渐消失。"真实地表达了作者在渐行渐远中，对故乡街头一种难言的眷恋。

此外，作品在结构上，用摄影镜头的视觉去连缀状物，构思很新颖。

父爱如山

父亲那严厉的目光告诉我：做人要善良，要厚道，要勤奋，要进取；如果贪婪耍滑，使奸弄坏，到头来都是搬起石头砸自己的脚。

——题记

序

人说，母爱似水；我说，父爱如山。母亲爱我，情意绵长；父亲爱我，大气豪放。

（一）

我自小在姥姥家长大，姥姥对我百般疼爱，用我母亲的话说：含在嘴里怕化了，扛板供着怕吓着。

父亲则说：惯得没样！

那时候，我要是在地上跌倒了，我就会趴在地上老半天不起来，使劲地哭。那哭就像打信号弹，姥姥听到后，就会忙三迭四地跑过来，把我从地上扶起来，搂在怀里，一边为我抹眼泪，一边用手摸我后脑勺，边摸边说："摸摸勺，吓不着！"接着又摸摸我屁股蛋，边摸边说："摸摸屁儿，疼一阵儿！"直到把我哄乐为止。

我摔跤要是父亲赶上那就糟了，他会在我后面大喝一声："哭什么哭！你以后摔跤的时候多着呢，一跌跤就哭鼻子算什么男子汉！"

接着父亲就会数数"1—2—3"，数到3的时候，我必须起来，再不起来，父亲的大巴掌就会抡过来！

（二）

母亲特别疼我，吃饭的时候，不停地往我碗里夹菜，生怕我吃不好。有的时候，如果东西少，她就干脆自己不吃，全让给我吃。父亲对此极为反感，他说："你这是娇惯，是溺爱，会把孩子惯坏的！"

与父亲一起吃饭，他才不让我呢！最叫我觉得好笑的是，父亲竟把养我和养小猪连在一起。

"就说养小猪吧，"父亲对母亲说："一个小猪不抢食，两

个小猪争食吃，三个小猪抢食吃。现在这孩子，独苗一棵，家里人全都让着他，这哪行！"

有一回，我感冒了，父亲说喝羊下水汤能治感冒，他做了一锅羊下水汤，这可是我最爱喝的。父亲端上来一大盆，就自己坐那喝，瞅都不瞅我一眼，一边喝还一边说："这年头谁管谁呀！"一碗接着一碗地喝。我一看，妈呀！再不喝没了！赶紧过去跟父亲抢着喝，一连喝了5碗，喝得通身是汗，第二天感冒就好了。

（三）

自小我就愿意和父亲一起玩，因为他身材魁梧，手大肩宽，上街的时候，他把我举起来，让我骑在他脖颈上，让我站在他肩膀上，那时候，望着人头攒动的人流，我觉得我是世界上长得最高的人。

可是，有一次和父亲玩的时候，他却把我骗了。我在床上，他用双手把我托起来往上抛，正当我高兴得忘乎所以哈哈傻笑的时候，谁知父亲却突然把双手一撤，我重重地摔在床上，我哭喊着对父亲说："爸爸，你骗我！"

让我万万没想到的是，父亲却说："爸爸是骗你，就是想让你知道世界上的人都不可以完全信赖，其中也包括你爸爸！"

父亲又语重心长地说："古人说，害人之心不可有，防人之心不可无。孩子，人这辈子，不仅要学会如何做好人，还要学会如何防坏人，这才是完整的人生。"

（四）

小时候，跟姥姥、姥爷玩，我总能赢，自以为很聪明，长大了才知道那是大人们让着我。

跟父亲玩却不一样，他看着你，不让你玩赖，你输了，他就罚你：打手心、刮鼻子，轻饶不了你。可他自己却耍赖：下跳棋，他多走步；玩扑克，他偷牌。气得我，把跳棋盘掀了，把扑克牌撕了。我原以为父亲会生气，甚至会打我，没想到父亲却哈哈大笑。

"儿子，你做对了！"父亲高兴地说："对不按规则游戏的人，你就不该客气，挺起胸来跟他斗！"

人生不容易啊！春天有沙尘暴，夏天有连雨天，秋天有泥泞地，冬天有暴风雪。

孩子，你准备好了吗？

——父亲在日记中写道。

（五）

一天晚上，我去买雪糕。我把10元钱交给卖雪糕的老太太，雪糕一元一根，我买5根，她应该找给我5元，可那老太太不给我找钱，硬说我给她的是5元面值的钱，我怎么说也不行，可把我气坏了。

回到家，我把这事对父亲说了，让我没想到的是，父亲却说："你是给了老太太5元！"

我更来气了，说："这怎么可能呢？10元钱就是从您手拿

的，还不过半小时您怎么就忘了呢？"

"我就忘了！你咋的？"

正在这时，墙上的计时钟"当！当！"地打了7下。我做功课的时间到了，明天期末考试，我得复习功课去了。期中考试我考了个第一，我们班那些少男少女，像恶狼似的在后面跟着，恨不得一下子超过我，我得努力才能继续领跑。想到这里，我赶紧回到书房，潜心做我的功课。

第二天晚饭后，父亲问我："昨天的事想得咋样？"

"啥事？"

"就是5元钱的事。"

"我忘了——不过我也想开了，不就是5元钱嘛，就算我替您扶贫了！"

一听这话，父亲非常高兴。他按着我的双肩说："孩子，这就对了！量小非君子，无度不丈夫，斤斤计较的人，走不远！"

（六）

我七岁那年，我家动迁，新房没下来，就临时租了一户房子住，住一个月。

一天，母亲风风火火地跑回家，进屋就对父亲说："老吴，

大事不妙！"父亲风趣地反问母亲："夫人，何事惊慌？"

"咱租的这房，从前死过人！我才听说，吓死我了！"母亲惊恐地说。

"不就是一位九十六岁的小脚老太太，睡着觉就平静地走了。"父亲说。

"你知道啊？"

"当然知道！不然入住前我怎能把房子冲洗3遍，把屋墙都重新粉刷一遍。"

"那你咋不告诉我？"

"怕你害怕！——我听说那老太太吃斋念佛一辈子，可善良了，又无疾而终，你何苦自己吓唬自己。"

无论父亲怎么劝，母亲还是心有余悸，到了晚上，坐在床沿上不肯睡觉。

"哪有活人怕死人的道理！"父亲忿忿地说"今天晚上，我把床挪到屋门口，头朝外睡，万一小脚老太太来了，我就'咣'地一脚，把她踢到楼下去！"

一句话把母亲逗乐了。就这样，父亲头朝外躺在床上，妈妈紧挨着父亲，背靠背躺下，而我则紧紧地依偎在母亲的怀里，一

觉睡到大天亮。

母亲说："你爸是我的主心骨，是咱家的顶梁柱，有他在家，睡觉都心里踏实！"

关键时刻，父亲像大山一样挺起脊梁，甘愿栉风沐雨，为爱保驾护航！

（七）

我生性好动，母亲说我像条大鲤鱼，成天没老实气。

八岁那年，看了电视剧《少林寺传奇》，我说我要练武，父亲说："那好啊！我当陪练。"

于是，我们爷俩开打。从床上开始支黄瓜架，滚到地上，再打到客厅里。父亲只是招架，并不还手。

母亲对父亲说："老吴，你得多加小心，儿子一天天大了，像个牛犊子似的，没深没浅，别伤着你。"

母亲的话不幸言中。有一次父亲正在床上趴着，我一脚踩过

去，父亲"嗷"的一声，却没能起来。父亲被我踩腰脱了，疼得他大汗淋漓，躺那一动不能动。

这事过去五年了，虽然经多方医治，父亲的腰脱还是时好时犯，始终没有彻底痊愈。但他从来没说过一句抱怨我的话。

为了儿子，父亲像沉静的大山，默默地承受着一切！

(八)

去年暑假，父亲要去黑山县，他要骑自行车去，还非要我和他一起去，母亲立刻表示反对，她说："到黑山县来回180里，孩子身子骨还没长成呢，不行！"

"妈，我行！"说着，我一下子把手举起来。"平时骑自行车上学还不到2里地，还没等过车瘾就到地方了，这回我也来个长征！"

第二天一早，天刚蒙蒙亮，我和父亲就骑着自行车，向黑山县进发。

旭日东升，红霞满天，树上的小鸟叽叽喳喳唱个不停，路两旁许多不知名的小花小草在晨风中招摇。太美了，这景色我在城里哪见过呀！

经过4个多小时的跋涉，我又累又饿。这时，眼前出现一个又陡又长的坡。

父亲说："当年辽沈战役的黑山阻击战，为了抢占这个高地，解放军5小时行程120里，赛过敌人汽车轮子，提前抢占了这片高地，夺取了战斗的胜利。儿子，咱也学习解放军，猛打猛冲，抢占高地！"

说罢，父亲一个俯冲，冲在前面；我也脚下猛地一蹬，紧追不舍。40分钟后，我们父子俩终于冲上高地。只把我累得汗流浃背，气喘吁吁。

站在高地上一望，心胸立刻开阔起来，远处山峦起伏，白云环绕；俯首近望，村庄院落尽收眼底，耳边不时还传来几声鸡鸣狗吠。

"不畏浮云遮望眼，只缘身在最高层。"父亲高声朗诵，一阵山风吹来，把父亲的声音传得很远很远……

（九）

在我的心目中，父亲是严厉的，但父亲也有温情脉脉的时候，就像那巍巍的大山，不仅有冷峻的悬崖峭壁；大山深处，也有风光旖旎的湖水，汩汩流淌的小溪。

有一次母亲出差，我又得了感冒，父亲下班后，一边系围裙一边说："从现在起，我是又当爹又当娘。"

晚上，看我学习累了，父亲主动过来陪我玩，打扑克，下棋，拱猪，玩什么，他都让我挑。输了，父亲便把头伸过来，让我弹他脑瓜嘣。吓得我直往后退，连声说："小人不敢！"父亲笑着说："今天官兵平等。"

第二天，为了给我滋补身子，父亲便买回一条活蹦乱跳的大鲤鱼，做了我最喜欢吃的糖醋鲤鱼，父亲坐在一旁为我挑鱼刺，自己却不吃。

正好被外出回来的母亲看见了，这下可让母亲给抓住了把柄，便对父亲说："老吴啊，老吴！我给儿子夹菜，你说我宠孩子，惯孩子，还说什么惯子如杀子，你咋样？比我还过分！"

说得父亲一声不吭，只是坐在那儿抿着嘴乐。

母亲得理不饶人，继续进攻父亲："还腆着脸乐呢！"

父亲急了，"嚯"地站起来，吼道："他是我儿子，给他吃，为他做事，我就是高

兴，我就是乐，咋的！"

这就是父亲！乐于为儿子奉献一切，慷慨而无悔！

父爱如山！

心灵寄语

与父母一起生活多么幸福。有父亲的宽厚，母亲的疼爱，年少的心感受着亲情的温暖，感受着时光的给予。

《父爱如山》一文，委婉、自然，吴一波把记忆中的一件件小事清晰地写下来，父亲有时候不近人情，有时候豁达开朗。在记述中，一波对父亲的理解与爱自然流露笔端。作者笔下的父亲是严厉的。开篇部分，写到"我"年幼时跌倒，姥姥哄我，若碰到父亲待遇就不一样了；父亲把"我"往上抛，却不接住"我"，说出的话有些出人意料，但的确有道理。他以这种看似超出常规的方式，让"我"慢慢学会了自立、自强。

父亲的形象是宽厚的，不计较得失。文中，"我"为买雪糕莫名其妙地没了5元钱而气恼，父亲的话让"我"不解，他怎么这么快忘了呢。第二天，父亲不计较的态度也让"我"转变了看法。父亲也很幽默，他对临时租住的房子死过小脚老太太一事毫不担心，"一句话把母亲逗乐了"。

子女的成长离不开父母的言传身教。文章中，父亲和"我"一起骑自行车去黑山县，经历了远途的劳累与快乐的"我"，听着父亲高声朗诵。八岁那年，父亲因"我"的顽皮导致腰脱，五年来"从来没说过一句抱怨我的话"，父亲心胸多么宽广无私。

这篇文章以一件件具体的事铺展而成，父亲的形象生动起来。叙事上，可再集中、简练些，题目可个性化些。

我多彩的春节

北京/范可言

一、晨惊醒

除夕的春晚看得太累了，节目刚结束便酣睡梦乡。"咚——哒——""咚——哒——"连珠炮般的爆竹声把我从梦中惊醒，一看表刚过凌晨3点。太早了，继续睡！但在一阵紧似一阵的爆竹声中要想入睡谈何容易，我只是在一会儿睡一会儿醒，时睡时醒，似睡又醒中伴随着爆竹声在石家庄除了旧岁，迎来新春。

6点整，奶奶把我摇醒，"牛子，跟三叔放炮去"。虽说爆竹声搅得我不得安睡，昏昏沉沉，但一说放爆竹仍异常兴奋。我一骨碌从床上爬起来顾不上洗漱就找三叔。楼下平地上，三叔把四挂两千响的"啄木鸟"鞭炮摆成"龙"字型，用香火点燃"龙"头，鞭炮便"噼哩啪啦、噼哩啪啦"地响个不停，一声连着一声。当燃放到交叉十字时，声响如百挺机枪共鸣，亮光像万道闪电刺眼，烟雾似蔽日乌云翻滚，刺鼻的烟硝味呛得我直想咳嗽，连眼泪都快流出来了。足有一刻钟的鞭炮声震得耳朵嗡嗡长鸣，耳膜疼得像凹进去一样。尽管放鞭炮叫我浑身不舒服，但仍情不自禁地又蹦又跳，又嚷又叫，兴高采烈，难于言表。接着放两响，只见三叔把直径足有五厘米的8个大两响一字儿摆好，让我躲开后一个个点燃，"咚——哒——""咚——哒——"炮仗震天响，既像高炮发射，又似礼炮齐鸣，震得大地微微颤动，窗

上玻璃"唰唰"声响，黑色烟雾滚滚升空，炮皮、土屑、药渣纷纷落下。

说也怪，我们祖先发明了火药，后人用火药做炮仗乐不可止，而西方人用火药轰开了我们引以自豪的长城；现代人在爆竹声中寻找刺激，留给地球的却是污染和垃圾。面对春节放炮是好是坏，应存应废，我不知作何回答。

7点钟开饭，大年初一吃饺子是北方的千年传统。猪肉茴香馅是我点的，饺子里放一枚硬币是我提的，吃饺子前给爷爷奶奶拜年是我说的。烧开了水煮饺子前，我让爷爷奶奶端坐沙发，带着堂妹堂弟给长辈拜年："祝春节快乐，身体健康！感谢爷爷奶奶十年养育之恩"。爷爷奶奶高兴地合不上嘴儿，一面连忙摆手说："说说得了，怎么真的磕起来了"，一面给我们三个每人500元压岁钱。小饺子又香又软，腊八蒜又酸又甜，那个包有硬币的饺子有幸被我吃到了，三叔三婶高兴地祝贺我，"牛子真有福气，恭喜新年发财，学习成绩更上一层楼"。

饭后，我用英语给小学的老师们拜年，用皖南话给南方的外公外婆拜年，祝他们春节快乐，心想事成。

二、午赴宴

大年初一是小堂妹佳佳三岁生日。家乡有句俗语"初一的娘娘十五的官儿"，是说女孩若初一问世将来是个贵妇人。佳佳能不能当上娘娘我不知道，但是中华民族隆重过节我理解为都是给堂妹祝贺生日，大年初一中午给她过生日则是我们家重要的例行活动。10点半，我和三叔到"广州皇冠西点"去取预订的蛋糕，只见直径35厘米大的奶油蛋糕上用巧克力写着"佳佳3周岁生日

快乐"。11点半市中心"桂园"饭店的雅间里聚满了亲人：堂妹的姥爷姥姥、舅舅舅妈、我们一家和一群孩子。其中一个满头银发，满脸皱纹，行动不便的老妇人赫然其中。三婶告诉我，这是她的奶奶。我上前给老人拜年，礼貌的称太姥姥。太姥姥用不解的眼神看着我，机灵的二婶借机介绍我的身份，并说因为爸妈在国外才跟着奶奶过年。老人家若有所思地说，"记起来了，是你大伯哥家的孩子。"并立即给了我300元压岁钱。我和同龄孩子边说边聊，耳边断断续续听到太姥姥说："我的一生都给了党"，"我的档案里没有任何污点"等等。我有些疑虑地问三婶，三婶说："我的这位85岁的奶奶是个老革命，1938年入党；当过8年妇救会长，解放后在北京工作，57年调到上钢总厂，退休石家庄……"三婶的介绍使我一下子想到电视剧《沂蒙》中的梁桂珍，《南下》中的姜天美，对这位老人顿生敬意，肃然起敬。

　　12点整，堂妹的生日宴开始。只见3周岁的佳佳打扮得美如

天仙，白白的小脸浸透着粉红，黑黑的眸子分外明亮，红色的皮夹克，粉色的超短裙，白色的紧身裤，棕色的长筒靴，长长的头发上带着一圈红花镶成的发卡，蹦蹦跳跳、嘻嘻哈哈的样子分外可爱。大家举杯祝福，祝她生日快乐。饭后切蛋糕，点蜡烛，唱起了只有一句话的生日歌。我也以堂兄身份，用英语唱了一遍"Happy birthday to you"，三叔三婶夸我英语学得好，说北京的学校与石家庄比就是不一样。

这个生日，佳佳拿到压岁钱3100元。其中包括三婶800元，姥姥1000元，奶奶和太姥姥各500元，舅妈300元。三叔说这顿饭花了700多元，蛋糕120元，连同小礼品不下900元。一个3岁的孩子过个生日消费如此之多，动静如此之大，应该吗？我不知作何回答。

三、晚庙会

下午4点多，我们一家驱车去正定逛庙会——正定县第三届文化庙会节。

一看民间演艺：在县城的主要街道上，人山人海，到处锣鼓喧天：井径的跳拉花，鹿泉的霸王鞭，槐底的扭秧歌，赵县的吹哨响，陕北的信天游，东北的二人转，这里上京剧，那里唱乱弹、放风筝、演皮影、踩高跷、跑旱船、耍龙灯、拿大顶、擂战鼓，还有拉洋片……这边乐得捧腹大笑，那边嗷嗷喊声震天，如果在莫斯科肯定是"ypa——ypa——"（俄语呜啦）地喊破了天。在目不暇接的民间文艺表演中，我最为欣赏，久不忘怀的是沧州的狮子叠罗汉。你看，从上到下按照一二三四的顺序层层叠叠，由10只橘红长毛雄狮四层叠加起来，踩着鼓点，应着锣声，颤颤巍巍、哆哆嗦嗦，一会儿瞪眼睛，一会儿吐舌头，一会儿摇尾巴，一会儿抓痒痒。特别是最高层的那只小狮子，一门心思要抓绣球，用爪子挠，舌头舔，头顶拱，尾巴拦，动作细腻逼真，造型活泼可爱。这支被誉为"北方狮王"的沧州舞狮队参加过香港回归庆典，北京奥运表演和建国60周年大庆，现在又在正定一显身手，应该是本届庙会的最大

亮点吧。

二看街上花灯：当你步入荣国府大街时，首先映入眼帘的当属呈"门"字型由十几个又扁又圆的大红灯笼组成的一排排、一行行花灯胡同。接着是一片片的宫灯、筒子灯、跑马灯，还有谜语灯……在形态各异，繁如众星的灯笼世界里，我最喜欢的是赞皇的铁笼灯。你看它，威武雄壮的双角，细长飘洒的胡须，闪闪发光的鳞片，张牙舞爪的四肢，简直酷似巨龙。艺人说这种灯艺从明末流传至今已有三百多年的历史了。

三看烟花炮市：正定的炮市设在城郊空地上，一家家摊位，一个个门面都摆着各种鞭炮：2000头的啄木鸟，1000头的报春花，五彩十发的彩连珠，五颜六色的扫地龙……摊主们一面高声叫卖，一面示范表演，好像是谁燃放的越多，谁出售的也越多一样。这么一来，他们都憋足了劲儿似的拼命燃放。你瞧整个炮市上，响声如枪炮，亮光似闪电，烟硝呛鼻，烟雾遮天。这里巨龙

起舞，那里银蛇钻天，这头儿隆隆炸响，那头儿吱吱细唱，那个热闹劲儿甚至比市里放鞭炮还要强出十多倍。不过我印象最深的是一户厂家的绿色炮仗：当两响升空爆炸时，没有烟雾，没有药渣，没有碎土，只有纷纷扬扬的红色纸片。一问方知，原来在两响中卷入的是强力高压气球在空中爆炸，声若响雷，红光一片，没有垃圾，没有污染。

你想想，连生产燃放炮仗都考虑到"环保"、"绿色"，何愁和谐环境、低碳经济、低碳生活不会到来？

四看乡土手工：在手工艺品展销大街上，那一幅幅年画，一贴贴剪纸，一束束绢花，一件件饰品……可谓美不胜收。在众多手工艺品中，我最喜欢的还是捏糖人。你看，那一团团普普通通的橡皮泥，在艺人手中经过捻、搓、拉、压、粘等手工作业，竟变成栩栩如生的秦琼、李达、诸葛亮、林黛玉。艺人们一面捏一面唱："看啊！捏个唐僧骑大马，捏个悟空把棒耍，捏个沙僧挑着担儿，捏个八戒吃西瓜……"看着活灵活现的糖人儿，听着艺

人师傅的唱词儿，我对中华文化的深厚底蕴有了进一步的理解。

五是品尝小吃：正定的小吃真是天南海北，名吃荟萃。山东的武大郎炊饼，沂蒙的煎饼卷大葱，山西的刀削面猫耳朵，杭州的醉泥螺八大碗，厦门的炸香芋烤鱼片，昆明的白切鸡糯米线，广州的过油凤爪糖醋鱼，西安的羊肉泡馍串串蛋，武汉的麻糖蘸芝麻，成都的麻辣担担面，东北的猪肉炖粉条，正定的水煎包八个碟子八个碗……面对香味扑鼻的美味小吃，我选了一碗山西的一根面（满满的一碗面条只有一根，细如发丝，长有10米），吃了一串儿老北京糖葫芦。北京的糖葫芦酸得可口，红得透亮，甜得咂嘴唇，脆得嘎嘣响。一串儿不够又吃了一串儿。

晚8点我们回到豆豆家。春节过得真累，春节过得真好。说它好，好就好在开心，好就好在快乐。当然最为开心和快乐的还是收了将近万元的压岁钱，让我喜不自禁。同时我也看到月薪1000多元的蜗居人，一年的收入扣除过日子，随份子，春节送礼"压岁钱"，有的所剩无几，有的开始负债，有的精抠细算，有的不敢回家过年。过年真的变成了"年关"，非常无奈，一声叹息。拿到压岁钱的孩子们喜气洋洋，给压岁钱使多少人变成节

奴。压岁钱是长辈对晚辈的疼爱，晚辈拿到压岁钱有何感想，将如何消费？我不知作何回答。

春节的一天过去了，我躺在床上回顾起来，从晨惊醒、午赴宴到晚庙会，长辈的情，开心的事，一件件像电视剧一样一幕一幕地闪现，刻入脑海，嵌进心田，辗转反侧让我不能入眠。于是一跃而起，伏案命笔，写下了这篇《我多彩的春节》。

心灵寄语

古老而多彩的春节，有着丰富的文化内涵。过春节，孩子们格外喜悦。

《我多彩的春节》一文，范可言同学较详细地记叙了大年初一这天的事情。从"我"清早放鞭炮，到傍晚和家人去正定逛庙会，这一过程描述得很生动。文章语言活泼、风趣，充分显示了作者的叙事能力。

开篇部分，描述了初一早上的鞭炮声接连不断，文中比喻鞭炮"声响如百挺机枪共鸣"，"耳膜疼得像凹进去一样"等，比喻新颖、贴切。穿插的议论，很有见地。

在"午赴宴"这一部分，作者记叙了参加佳佳生日宴，给太姥姥拜年，了解到太姥姥像电视剧《沂蒙》中的梁桂珍，对老人肃然起敬。

"晚庙会"这一部分，则描述了庙会上的民间演艺、花灯、乡土手工等，正定庙会的特色和内容较具体地展现出来。作者叙述得有条不紊，饶有兴致。对烟花炮市、品尝小吃等描写得绘声绘色。

范可言在初一这天的收获很大，他陶醉在民俗文化中，感受着节日的快乐。我个人更喜欢收尾这一部分。这篇纪实风格的文章，表明春节这一传统节日内容多丰厚啊。

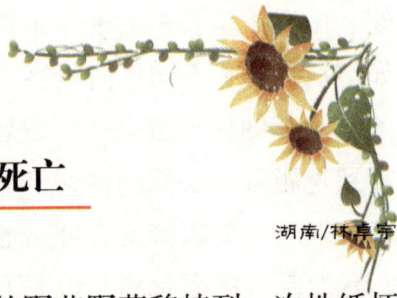

马齿苋的死亡

湖南/林喜宁

小的时候，曾经很喜欢将路边的野花野草移植到一次性纸杯里，纸杯中往往都装满了我四处挖来的泥土。但是，这种辛苦的付出，却没有得到任何的回报。

我往往不能够成功地将这些小生命的根须完整地拔出，那些被我拔得残缺不堪的植株，常被我扔到一旁，它们也只得静静地躺在干巴巴的泥土上，像熟睡的婴儿一样平静。但是，面对无数次的失败，我仍然不停地去尝试，因为我还没有意识到，那根须所紧紧相抱的并不仅仅只是土壤，还有那对大地的依恋，对泥土下埋藏的时光的不舍。

去年暑假即将结束的时候，我不知怎的心血来潮。从我家的阳台上的盆景当中挖了几株刚刚长好的马齿苋。这种植物非常的耐养，生长旺盛的时候甚至还会吸收植物的养分。我用手轻轻地将一株马齿苋拔出，它的茎透出一种紫绿色，每一条清晰可见的脉似乎都传达着无比的朝气。

我细细地打量着它，用指尖轻轻触动着那细小的叶片儿，我感受着那种如同豆瓣一般的叶片在指尖上轻微地颤动，那种生命的兴奋在我的手心中体现得无比完美，但是又似乎只要我再轻轻的触碰一下叶片，对于它来说所带来的便是一记重创，但是毋庸置疑，它应该是大自然中生存能力最强的生物之一，因为它们是

在阴暗的夹缝中将生命之花绽放的最美的植物。

我事先准备好了一个小纸杯，用剪刀在纸杯的底部戳了一个洞，随后在底部放了一些瓷球，然后再一层一层地撒上土壤，并浇少量的水，我将马齿苋移栽到盆中，看其伸展着茎条，似乎有无法言喻的喜悦。这嫩色的小植物赋予了我无比的幻想，我总是在梦中看到它丰盈的茎条，梦见它的茎条遍布我的整个书桌，就像空气一般自如地在书桌上游走。那些点点滴滴的绿意也将毫无保留一般地充满了我桌上的每一角。

后来，直到我暑假结束，在我仅仅给马齿苋提供了两次供水的情况下，它依旧长得很好。那种绿意仍旧是随时都有可能滴落下来的样子，那茎上逐渐地开起了亮丽的黄色小花，就像是星星一般，当你远远凝望着它的时候，它便不停地眨着眼睛，欣荣而又洒脱。

但是，我渐渐发现，马齿苋的周围竟然长出了许多的三叶

草，它们是那样的小巧，就如同人类一样，虽然小巧，但是却懂得许多。这些小植物远比那些生长了千年的古树来得机敏得多，它们懂得如何去吸收其他植物的养分，并占据它们的生存空间，以此来使得自己的生存少一份艰辛，多一份自然和无谓。但是三叶草们兴许忘了，马齿苋同样是和它们一样的植物，它们都能够遍地生根，往往在毫不起眼的夹缝当中快速地成长起来，它们那种毫无残缺、旺盛、舒展的模样，似乎能够令人从中看到无限的奔放、涌动的自由以及无止的热情。只是此时此刻，我却将马齿苋当成了盆中主角，三叶草错把马齿苋当成了对手。

　　渐渐的，马齿苋和几株三叶草都生长得非常好，三叶草也开出了紫色的小花，煞是好看。原本这应是不错的，但在我眼里对这画面没有感觉，于是我为了避免土壤洒出，特别用牙签将三叶草从土壤中离间了出来，顿时，我心中溢满了无穷的快感，望着独自繁华的马齿苋，我忽然觉得那样的美丽一览无余，令人心中

生出美好的遐想。

　　时间如水般流淌，毫无声息，毫无痕迹，仅仅只是空留着怀想。当忙于学习的我再回头来关注这盆马齿苋的时候，它已经死去了。我充满着讶异，面对这巨大的空虚我只是惊讶而已。死亡的结局，我甚至连模糊的预料都没有，我想是我错了，我错在仍然以人的心理去看待那完全生于自然长于自然中的生命。我原本以为我给它提供了最完美的生存环境，给了它仅属于自己的生存空间，这便足以为它撑起最广阔的天空。但是对于马齿苋来说这是勉强的，因为我剥夺了它原属于自己的快乐，那种竞争中的快乐，那种竞争，就如同一场角逐，一场华丽的冒险，永远无法被替代。而我却自以为是地改变了这一切，而它最终用死亡嘲笑了我的肤浅与无知。

　　后来的很长一段时间里，我没有再去做这类事情了，我把更多的时间放在蓄养上，虽然有时候随便翻一翻有关植物的插图，

也能够唤起自己心底对绿色的无限喜爱。

这些花花草草，作为存活于大自然中的一个堪称微弱的生命，并没有因为自己的卑微平凡而萎靡不振，它们在同类之间的竞争中追寻着生命的意义。而当生命中没有了竞争的快乐，它们也就失去了存在的乐趣。于是，对于一株曾存活于这个世界的植物，选择"枯萎"这种死亡方式，成了它向自以为是的人类无声却最有力的抗议。

心灵寄语

语言的细密，叙述的层层铺展，展现出作者的叙述和描绘的才能。

文章中作者详密地描绘了在纸杯中养马齿苋与三叶草的过程，展现出生物相互依存的成长规律，而一旦破坏了这规律，生物便会死亡的现实。

作者既写出了养马齿苋的快乐，也写出了马齿苋死亡后的反思。文章对马齿苋与三叶草的描绘玲珑剔透，对马齿苋死后的反思透出哀伤与沉重。

4

品味你的好

追

湖北/卞馨迪

一

"就在这儿了！"我长出一口气，放下行李箱。望着周围似乎熟悉而又陌生的一切，不觉有些紧张。想到半年前，第一次来到这所学校参观，看它的第一眼便令我怦然心动，偌大的广场被几栋红砖瓦式教学楼半环着，无论是教室、实验室、寝室，还是足球场、篮球馆、乒乓台都使我惊叹不已，我发现自己不能自拔地喜欢上了这里的一切，亦如当年第一眼便钟情于外校。于是面对心仪的学校，那一刻我与自己约定：一定要考来这里读书。没想到，在半年后的今天，我真的如期赴约了。

二

随着人群来到了夏令营报名处。来往的学生和家长行色匆匆，从他们自信扬起的脸上无不令我深感来到这里的每个人都不简单，这不得不使我心里的小小兴奋蒙上了一层莫名的压抑之感。偶尔的一阵风吹来几丝凉爽，不觉想起了一个多月前的那天。五月灿烂的阳光，将整个学校镀上一层亮丽的金色，广场上的喷泉开了，辉映出光芒，像梦幻中的宫殿一般，令人生出无限的向往。我很难再想象得出当时的心境——无比紧张，无比兴奋，甚至还能隐约感到坐在考场上的我，答题时颤抖的笔尖。想到这是在为理想的关键一搏，更激起了我昂扬的斗志。那场考试对于我，也许真的远远重于中考。而现在，我可以在这里骄傲地对自己说：我真的成为了一名华师一附的学生了——可我没有，相反此刻，我所感受到更多的是一种无名的压力，笼罩在天上的乌云，使我感到几分沉重。我甚至开始怀疑，这就是我为之奋斗了无数个日夜后，所梦寐以求的地方吗？曾经一直想追的梦，现在看似圆了，却似乎看不到梦里我所期待的风景。

三

我承认，第二天的物理课是我有生以来所上的最痛苦的一节课，基本上大半节课我都属于近乎听天书的状态。课一开始，老师便讲了十二个公式及其推导与证明，可从第五个起我就听得云里雾里。老师讲得很快，一会儿冒出一个公式，搞得我完全是丈二的和尚，摸不着头脑；后来老师给时间让我们自己证明，我却

无从下笔，但见周围同学都在奋笔疾书，也只好装模作样地埋头捡只笔在本上乱划。半晌，老师开始随机点同学上黑板写自己的证明过程，我是心惊胆战，头都快埋到桌子里去了，心里一直祈祷着，老师千万别点到我就好了，脑子里更是一片空白。看到被点上去的同学，一个个胸有成竹，简洁明了地写出了过程后还思路清晰地讲解，看到一旁老师满意的笑容，我只有欲哭无泪的感觉：是几分嫉妒与羡慕，还是几分无奈与落寞？

我想起了来这里之前，L中的老师就找我谈过话："你决定了要去武汉？"我点点头，"好吧，那我也不留你了，去了那儿好好学习。"他说得有些勉强，转而又真诚地望向我，"如果去了那里不适应或者跟不上，我们重点班的大门随时向你敞开，欢迎你回来。"我尴尬地笑了笑，说："好的，谢谢老师。"可在这之前，我从没有过回去的打算。

中午回寝室后，别人都早早上床午休了，我硬是闷着头看了一中午的物理书，对照上课的笔记，好不容易才算是基本弄懂了那十二个公式。有那么一瞬间的小小成就感，却很快被更大的失落所淹没：我曾以为自己已经是个成功者，追到了我想要的，可现在仿佛又回到了谷底开始艰难爬行。摸索着，挣扎着，可希望的星光那么微弱，使人近乎绝望。

四

自习课上做数学作业，我惊讶地发现一张卷子上的题目，我竟有三分之二都不会做，有的捣鼓半天，左试右试，半个小时丝毫没有起色；有的干脆便无从下笔。老师总说"想学好，自己总得多下工夫，努把力"，我真想说，"老师，不是我不想努力，是我实在没这天赋；不是不想做，是实在不会。"也不知道同桌被我无数的弱智问题问烦了没有，不过很感谢她总是那么有耐心地帮我讲解。每当我被指点迷津、豁然开朗后佩服地对她说："你怎么这么聪明！"她只会笑笑："也不是啦，只是之前预习过而已。"那时我突然意识到，并不是我比别人笨多少，老师说得对，只是付出的不够多，或许我从现在开始加倍努力，补上中考后被我荒废的时间，就能和其他人一样吧！

那晚，好友Y来电话问候："在那边还好吗？"听到这话，我眼泪当时就流下来了，我真想说：Y呀，我在这里不好，真的不好极了。好想跟她抱怨这几天来的失落和委屈。可转念，还是把已经要到嘴边的话咽了回去，不让声音有哭腔，轻声答道："还好吧，你不用担心！"挂上电话，我默念道：我很好，还能撑得下去，再苦也要笑着流泪，希望再渺茫都要追逐那一点点星光——因为坚信：用力呼吸才能见到阳光。

五

我想我不会后悔自己的选择，尽管当初多少人帮我分析利弊，他们说"去了那里要适应新环境，新课程，是个不小的挑

战"；他们还说"在那里可没人会把你当回事，你受得了这样的心理落差吗"；他们又说"如果只能进平行班，还不如留下来在当地的重点班，可能会有更好的发展"。但我只是笑了笑，说："我知道，可我还是要去。"即使再多的理由说留下来也许更好，我也要头也不回地离开，因为前方有梦，而我要去追梦。

六

我想我是个追梦者，一直在坚定地追着一个梦，不管那梦是真实可触，还是遥不可及，我都会执著向前，去追逐风吹过的足迹，去采撷时间的落叶，一路留下我深深浅浅的脚印。泥泞崎岖也好，平坦顺利也好，都要一路奔跑，追向心中的远方！

心灵寄语

作者写的是自己从一个熟悉的中学考到自己心仪的中学来学习，但是面对独自一个人的孤单，还有新同学，新环境，新的教学方式，都让"我"茫然若失，手足无措，一时间适应不了。但是"我"是一个追梦者，既然选择了，就会接受挑战，把梦追到底。

本文的"追"有多种含义，一是追赶新学校的学习步骤；二是追逐自己心中的梦想。因为是亲身经历，作者在描述这个过程时，感受非常真切，且传神生动，有一定的感染力。这篇散文写得相当有真情实感。

四叶草

辽宁/宋继茗

有时，我常会想起小学操场边那一片浓密的草丛，那其中不仅有我们的欢乐，更有着我童年美好的回忆。那里只是一片草丛，一片普普通通的草丛，一片极容易被其他人忽略的草丛。可对我来说，它在我心中有着一种别样的含义。

每一天都盼望着能上体育课，因为只有那时我才能来到操场，来到那片草丛。草丛中除了密密麻麻的青草，还大肆生长着一种三瓣叶子的草，那种草被同学们赐名为"酸梅草"。

闲着没事，揪下一株酸梅草，翠绿的汁液顺着柔软的草茎流上我的手指。从指尖到指肚都被染成犹如碧玉般的颜色。放入口中一寸一寸地细细咀嚼，顿时，一股与柠檬相比毫不逊色的酸味

便在我唇齿间荡漾开来，酸中还夹着一丝苦涩。那醉人的酸涩会在舌尖流连，久久不散。在上课不能吃东西的约束下，我们却在老师眼皮底下堂而皇之地咀嚼，让那酸涩的味道充斥在嘴边。

然而使我流连于此的还不止这些，幸运草的几率大概在十万分之一，并且三叶草在传说中有着优美柔和的如诗般的意义，一叶三叶草是祈求，二叶三叶草是希望，三叶三叶草是爱情，而四叶的三叶草将轻轻地告诉你，幸福就在你身边。在那片草丛中大约每五千株中就有一株是四叶草，甚至还有五叶草。现在想来那"酸梅草"应该叫苜蓿草才对。

我赞叹造物主的伟大，同时也为它的神奇所感叹。一片小小的叶子所寄托的这些内涵，让人们有了更加美好的寄托。面对幸运四叶草美丽的传说，以及它难以让人忘怀的酸涩，只怕这世界上所有人都要为它所疯狂了吧。望着书页中夹着的那一片早已失去美好青春年华，只剩下一片不再诱人的绿的四叶草，我在心中许下了一个美好的愿望。

● 心灵寄语 ●

写记事散文，要写出情与美，往往是通过对细节的细致描绘来完成的。曹文轩曾提出"要写透"的论点。所谓写透，就是要在写景时写到极致，写人物要写到极致。写到极致，就是发现别人发现不了的，写了别人写不出的，甚至写出让读者眼睛一亮的景、人或事。

宋继茗的《四叶草》，就写出了日常很温暖容易见到却又常被人忽略了的三叶草和四叶草。

草丛中大肆长着三瓣叶子的"酸梅草"。在描绘吃三叶草时，作者写道："翠绿的汁液顺着柔软的草茎流上我的手指，从指尖到指肚都被染成犹如碧玉般的颜色。放在口中一寸一寸地细细咀嚼，顿时，一股与柠檬相比毫不逊色的酸味便在我唇齿间荡漾开来，酸中还夹着一丝苦涩，那醉人的酸涩会在舌尖流连，久久不散，在上课不准吃东西的约束下，我们都在老师眼皮底下堂而皇之地咀嚼，让那酸涩的味道充斥在嘴边。"

这不仅把吃三叶草的过程写透了，还展现出学生纯真的情趣，并引申出"一叶草是祈求，二叶三叶草是希望，三叶三叶草是爱情，而四叶的三叶草将轻轻告诉你，幸福就在你身边"的叙述。而幸运草的几率是十万分之一，草丛中大约每五千株就有一株是四叶草、五叶草的介绍，更加大了对四叶草的好奇与追寻。

这是一篇童年回忆咀嚼三叶草、追寻四叶草的文章，而结尾用书页夹着四叶草的图像许一个心愿而结尾，就更显示出内心的美与情。

假如能再见你一次

辽宁/朱继高

时光逆转，仿佛又回到了那个雪花飘飞的时候，那个无忧无虑的时候。窗外，雪花纷飞，接在手里，一触便化。

我望着房间里的你，你也望着我，两人相对而坐。屋外的大风肆虐着，一声声呼啸仿佛要打破我们的沉默。我静静地望着你，你也静静地望着我。终于，我先开口了："你，真的要走吗？""嗯，真的，明天下午的机票。或许，这里真的不适合我吧。"你的声音中明显带着一丝哽咽。"那么，我们一起度过这最后一晚吧。"你点了点头。

我们相拥而坐，"我明天也要离开了。"我故作轻松地说了一句，"在明天上午。""哦，去哪儿？"你装作漫不经心地问了一句。"不知道哎。"我并不想告诉你，可我自己也不知道为什么要这么做，大概，是不想让你牵挂吧。你笑着问我："我们还会再见面吗？"我笑着没有回答，但心中好似有许多无形的针刺来，隐隐作痛。我好想说："大概不会再有机会了吧。"可我不忍伤痛你的心。

还记得，我们坐在跷跷板上。星空下，寒风把你的脸颊吹得通红通红，你那缕缕黑发犹如暗夜精灵般四散飞起。你把跷跷板停住，指着天上的星星说："你看它们，闪烁着点点银光，好美。"是啊，好美。

夜深了，晚风吹动着竹林，月光拉长了我们手拉手的身影，暗夜的幕布，窗边的风铃，却见证了我们不变的友谊。

第一次逛街，我们手拉着手，走在拥挤不堪的人群中，你紧紧攥着我的手，怕我们俩走散。最终，我们还是走散了，在人群中大声呼喊着对方的名字，却没有人应答。最终，你找到了躲在角落里哭泣的我，你拍拍我，说："别哭了，再哭就不好看了。"于是你带着我去吃我最喜欢的双皮奶，我破涕为笑，你也开心地笑了。

然而，无论再怎么努力，我们还是会分开，我相信，分开是为了让我们更好的相逢。我们将心比心，我们互相体谅，我们互相激励，我相信你就像你相信我。如果我们有缘再见，我一定要对你说："我们再见！"——再一次相见。

心灵寄语

写记事散文，贵在写情。写情，一般是写悲欢离合。然而，在写悲欢离合中，能否写出高品位的爱与美来，能否通过细节的描绘流泻出爱与美，就看作者文学素养的高低与作者叙事语言品味的高低了。

读十三岁的宋继茗的《假如能再见你一次》，就感觉到作者即能为要写的"分别"创造氛围，又能通过细节的描绘写出情，并在情节中展现美。这氛围的铺展绘出雪花飘飞的冬季，雪花接在手里，一触便化，且窗外寒风肆虐。两人对坐，一声声呼啸仿佛要打破"我们"的沉默。这就在衬托出氛围后引出故事和事件。

而写分别，又用对话，在对话中体现两人的惜别和期盼的相见，同时又用两人走失与安慰衬托两人的情谊。情浓、意切，阐发出美的心灵与美的祝愿。

灯 火

黑龙江/姚昕彤

奶奶家在一所大学里，平日惯见的都是和风送暖，花上枝梢，抑或是落红遍地，霞光相映。喜欢住在这里，当然不仅仅是因为环境的雅致，更多的还是那份浓郁的情思，因为生于斯，长于斯。

由于小时候父母工作很忙，我便一直住在奶奶家。奶奶开朗幽默，再加上能做一手好菜，我便和她极为亲近。而爷爷沉默寡言，但如若盯上什么事情，就会絮叨地说个不停，总觉得他不喜欢与别人亲近，所以在我的记忆中，爷爷与我的片段少之又少。他从未拉着我的手走过马路，总是他在前，我在后；家门前有一棵樱桃树，当时的我太小，摘不到，爷爷也从未帮过我，都是我一个人去搬来小板凳；每当我看到别人家的小孩拉着他们爷爷的手兴奋地在挑糖果，我只能默默地从他们身旁走过，却忘不了那幸福的笑容。久而久之，当一切都成了习惯，我便不再奢求，不再傻乎乎地等待。渐渐的，小小的不满又变成了淡漠与疏远。长大后便不再住在奶奶家，只是每周日晚上回去，爷爷也似乎真的年纪有些大了，变得特别爱担心，他总会在我们下楼后，缓缓地走到阳台，打开灯，看着我们走远。

刚升入初三后的一个周日，一如既往我回到奶奶家。饭后，便开始闲谈起来，我兴高采烈地说起下周我要同几个同学去

郊区爬山。正说到兴头上，突然一个声音打断了我，爷爷冷着一张脸说："不行！"态度是那样坚决、不容拒绝。我先是一愣，随后脱口而出："为什么？""没有大人陪，不安全，不能去！""但我都和同学约定好了，都安排好了……""那也不行！"爷爷打断了我，还是那种冰冷的口气。顿时，委屈和怒火笼罩心头，明明你平时都不管我，现在我出去玩的时候倒管上我了，想到与同学达成的约定不能实现，早早就定好的计划就这样变成了废纸，又想起那棵樱桃树，橱窗里的糖果，多年的压抑就这样爆发出来，伤心与不满充溢在心中。

　　我拎起书包，摔门而出。楼道里的灯光昏昏暗暗，似是吝于施舍光明，灯照得破旧的墙壁仿佛罩上了一层尘埃。就在这沉寂的晚上，复述岁月的风尘。我的心此时却被愤怒占据，我快步地走出楼道，天空漆黑一片，只有点点细微的星光，这星光却未带

来丝毫光芒，反而平添了几分阴郁。终于还是微冷的风使我慢下前行的脚步，抚平了满心的燥热，我便慢慢地在小路上走着。由于今晨下的雨，柏油马路在夜晚反射着亮光，一直延伸到远方。

记得小时候，这里还是普通的砂石路，也未曾通车，当时总是喜欢在这里跑来跑去，到对面的花圃里摘朵牵牛花，别在发间。而如今，道路通了车，花园中的牵牛花也已被除去，种了些不知名的娇艳的花。不知不觉中，光阴就这样匆匆溜走，只剩下褪了色的年华。世界正在一天天变老，不知爱可否也会？

我止住脚步，樱桃树的枝叶在风的轻抚下簌簌作响。

我习惯地转过身，却在抬头后的一瞬嘲弄地笑了笑，爷爷怎么可能会在？然而，不知为何，我仍抬起了头。恍然间，那灯火在这暗夜中，变得格外耀眼，平静而淡然，仿若它在光阴的奔走中被定格，一直以来，从未改变。

透过这灯火，我看到了爷爷，他的头发已经花白，脸上布满

了岁月留下的痕迹，身形单薄，背已有些弯曲。我竟在此刻才发觉，爷爷的步伐已经没有了当年的稳健而是越来越慢，爷爷的脊背已经不再挺直，早已够不到最高的那枝樱树枝。

是啊，爷爷的话依旧不多，却给了我更多关怀的眼神，这一切的一切我却未曾发现。眼泪就这么毫无征兆地掉下来，滴落在地上。时光就好似回到了两年前，在父母决定让我搬回去住的那天晚上，爷爷也是这样望着我，目送我走远。原来，灯火未断，只是我太笨，未曾察觉。

爱，为何直至成伤，只是我们未真正理解。其实，爱，像灯火，早已随着岁月的流逝，铺洒在我们内心深处，难以磨灭，不需刻骨铭心，不为抚今思昔，但是，爱，不会变老。

心灵寄语

《灯火》这篇用散文记叙的手法写对爱的发现与寻求。

以第一人称"我"描绘"我"在爷爷奶奶家的成长历程。"我"与奶奶亲近却对沉默寡言的爷爷敬而远之。其原因是爷爷这也不准那也不行地要求"我"，使"我"与他渐渐地淡漠与疏远。然而，当"我"在周末回家时，又一次执意离开爷爷家走在黑夜时，却发现爷爷在用灯火给"我"照路，自愧、自醒使"我"发现了爷爷的爱心，使"我"刻骨铭心。对爷爷老年形象的描绘和发现爷爷爱心的所在，是这篇散文的支架，而细节的描绘使这篇散文有了情感，有了深度。

品味你的好

江苏/施炜

一缕阳光透过窗在地上留下些许斑斓，许许温热的白雾在阳光的抚摸中盘曲上升。香气很清淡，却足以沁人心脾，一口喝下，一股滚烫的感觉冲进身体，却余淡淡清香缓缓回升，充溢了整个脑中。

古琴声在房间中回旋，小小的茶案上摆着许多我叫不出名字的用具。

父亲爱喝茶，铁观音、普洱茶、龙井等。我却从来不懂这些，认为抓一把茶叶扔进杯中，冲了水喝便是了。而今，父亲不知从哪里弄了一套茶具来，竟邀我同在家里品茶，我不懂品茶，也觉得茶苦，不爱喝，可父亲邀约，便应允了。

其实，我已好久未与父亲一起安静地同坐了。

案上的小壶中，水"咕嘟咕嘟"地沸腾着，看着父亲柔缓的动作，洗着茶具，烫着杯子，我突然很想笑。可父亲不曾理睬我，继续着手上的活，于是父亲认真的神情，不由让我将心沉静下来。古琴声悠扬，父亲在泡茶……

我看了看茶具，杯具很小也很浅却很精致，茶叶由茶饼被慢慢煮开，干瘪皱缩的墨色小叶，在水中绽开，随着沸腾的水一起翻滚，最后舒展成一片片大叶。纯净的水转眼变成了澄澈的茶汤，散发出一种淡淡的香气，我知道那就是所谓的茶香。可我依然坚信，茶虽香，但味苦。

父亲完成一系列工序，将茶汤倒入杯中递给我，我有些失神，直到父亲提醒才慌张去接。无意间，发现父亲的手苍老了许多。我捧过茶，抬头看着父亲，他的脸上虽不见太多皱纹，但气色已经大不如前了，阳光照在他身上，不知是因为反光还是什么，我依稀看到他的头上有几根白发，我怎么从前都没注意到呢？

我的脸被捧在手中的茶的蒸气熏得有些烫，父亲催促着我快趁热喝。我以为品茶要细细品，慢慢喝，父亲却让我一口把一小杯都喝掉。

他说："你的胃不好，品茶对你的胃也有好处。"

我一口喝下，一股滚烫的感觉冲进身体里，胃热热的，心热热的，淡淡的苦涩，很快就被回升的清香覆盖，清香充溢了整个脑中。父亲询问我怎么样，我竟一时语塞，只好点点头。父亲笑了，又开始他的茶道。

茶汤的香气久久不能散去，我这才明白品茶品的不是苦，而是香。古琴声悠扬，父亲在泡茶，我望着父亲。自从母亲离开

后，父亲承担着整个家的责任，几乎一个月中能有一两次看到父亲就已经很满足了。父亲很少到我的住处来，来了会不时为我带点好吃的。可是……长久的独立促成了我倔强的性格，随着时间的推移，我和父亲的隔阂与性格冲突愈加，每次难得的温馨见面都会被争吵替代。我就这么忽视了父亲的苍老，忽视了他的好，就像这茶，我总觉得它的苦涩便抵触了它的清香。

父亲又递来一杯茶，微笑着看我喝下，阳光照在他身上，那么柔和。我突然忆起曾与父亲同游天目湖，那座茶山上父亲背着我穿行在茶树丛中，阳光也很好。

心灵寄语

在淡淡的茶香和悠扬的古琴声中，品味父亲的好，显得很有情致和意味。

作者以轻缓而又清雅的笔触，叙述着父亲洗茶具、泡茶，递过茶汤让"我"喝茶的一系列细节，文笔生动细腻，引人遐想。特别是在描述泡茶的情景时，尤为细致生动。"茶叶由茶饼被慢慢煮开，干瘪皱缩的墨色小叶，在水中绽开，随着沸腾的水一起翻滚，最后舒展成一片片大叶。纯净的水转眼变成了澄澈的茶汤……"在这段文字中，作者准确地运用形容词、动词以及状态描写，将茶叶由小变大、净水变成茶汤的过程写得很有动感和现场感，体现出作者有着较强的观察能力和写作的潜质。

通过品茶，作者也品味出了父亲的好。"总觉得他的苦涩便抵触了他的清香"一语双关，且具有提升主题的作用，给人以启迪。

作者以回忆与父亲同游天目湖，父亲背着"我"穿行于茶树丛中的情景结尾，平添了作品的温馨气氛，让人回味无穷。

愿你旅途一切安康

广东/温钰怡

电子表定格在21：00，搭上了广州开往湛江的长途汽车。看着窗外的高速公路的栏杆飞快地闪过，居然有如梦如幻，睁眼徒留路漫漫的感觉。

那时候我庆幸自己没有夜盲症，我的眼睛虽然有一百来度的近视，但在黑暗中依然能够看见处在暗处的东西。伸手不见五指，是人类最为彷徨无助的时候。

离开广州有很长一段距离了，可是离我的目的地又还很遥远。不知道是错觉还是现实，我看见了像陶渊明《桃花源记》里那种理想生活的画面。小小的平房，夜已经深了，家里人都熟睡

了，屋外擎起一盏油灯，看似微弱却在数百米的距离外依然清晰可见。每家每户都有那么一盏，人家并不多，不能组成绚丽盛大的灯光盛典，不过依然是很温情的画面。

一直住的广州虽然比不上上海香港这些经济贸易中心，也比不上北京这样政治中心的直辖市，却还是能算得上中国的南大门。正因为自己住在这样一个别人眼里的大都市里，出外的意愿更多的，是去那些小城市。渴望的是那种返璞归真的自然，不是更加喧嚣的嘈杂声。

将近3∶00，长途车到达了我的目的地，微博早已更新"这是我仅有的暑假时间"。

没错，整个暑假我都在居委会——派出所——家三点成一线的这样奔波，或者算不上奔波，但同时也算不上休闲。但绝对不如小学暑假那样，周一到周六都是电脑与电视的天下，或许周日

会去仅有的几条步行街走走。因为有了我必须要做而且需要完成的事情。

第一次去海滩玩，真的是第一次。从好好诊所出发，到东海岛将近一个多小时的车程，我第一次坐这些私家车不觉得闷，不会晕车。车窗外的云朵真的很漂亮，只是没有拍摄下来，成了遗憾之处。像是达·芬奇用灰色的混了很多水的水粉颜料轻描淡写地在纯白的云上渲染，层次分明，没有人看到了不为之心动。天是蔚蓝的蓝，云是雪白的白。那是多么理想的境界。

沙滩就如自己看到的照片一样，细细的白沙，被高温烘烤得炙热，踩上去像被火烤。任何形容热的形容词都能够描述那种火辣的感觉。海不是蔚蓝的，这也是遗憾之处，有点土黄色。满沙滩都是贝壳，最好玩的是跟水浪比速度，难度并不高。海浪把贝壳冲上岸，眼睛迅速地捕捉到想要的贝壳，迅速地用手压紧。海浪退了，用海水冲洗掉沙粒。

海水很咸，真的很咸，出乎自己的意料。本来以为只是淡淡的咸味，却万万没有想到会是胜过把盐缸的盐一次性倒进嘴里的那种咸，只有一点点进嘴都要用淡水冲嘴。还有椰子水，没有看到那种椰林树影的镜像，坐在海水能冲刷到的浅水处背对太阳，不让太阳晒到自己的脸，捧着一大个椰子拼命的吸里面的水，很好的味道。虽然广州这里也有，但我深深地感动于自己坐在海水上，捧着当地种植的椰子，吸里面饱满的水分。广州的椰子，绝对比不上这里的椰子。

在沿海城市必然有海鲜市场。用主妇们的话来说就是绝对新鲜、超值、全面的海鲜市场。数十厘米的海虾、几乎每一档都有传说中的新鲜鲍鱼，还有花纹绚丽的螺类，以及各种的贝类。都

是新鲜并且美味的海鲜。

广州芳村的花地湾也有一个鱼市场，不同于东风市场，那是观赏鱼的市场。淡咸水的各种观赏鱼都有，五光十色形容并不为过。我通过我的瞳孔看到了新鲜的仓鱼灵活地在鱼池里游动。任何人看到都会有开心的心情。

相当丰盛的最后的晚餐。吃完这一顿，我就坐长途车回广州了，很短的旅程，但是很快乐。

正如刘惜君的《我很快乐》一样，虽然说的内容并不相同，只是这个简单直接的题目明确地说出了这趟旅程所有心情的总结——快乐。

从饭店走出来，我看见了火烧云的天空，天空出现的殷红让自己莫名的激动。或许在说再见，或许在说谢谢。只有小块的殷红，但足矣。

在20:00坐上长途车之后，心情变得低沉，或许每当离开一个地方回到家的时候，人的心情总是不自觉的低沉吧。就像一个

故事走到的尽头，不论悲伤还是欢喜，人总是觉得，"又结束了"，或许是惰性吧，人总不想去寻找下一个故事，亦或是地方。

　　是卧铺，我睡的时间很少，大多数都是坐着看黑暗流动，那是最快能够消磨掉时间的方式。偏向于湛江那边的天空，我看见了大把的星星，有种感觉让我觉得我只要一伸手，一大把一大把的星星就能被抓在手里，很漂亮。虽然没有缀满天空，可终于有那么几十颗撒着。越接近广州，我看到的星星就越来越稀疏。中间实在是太累了，睡了大概一个小时吧，再次醒来的时候是被强光灯照醒了的，应该是高速公路在施工吧。路灯像开到最大马力的汽车，疯狂地照射着高速公路的路面，同样为施工照明的强光灯也是疯狂的，在我眼前上演一场浩浩荡荡的灯光盛典。后悔自己睡着了，因为我无缘再看见来时的微弱又强烈的小灯，剩下的，只是刺眼的强光灯与疯狂的路灯。

我想起来时的温馨，小城市里比不上大都市的经济繁荣，但它和谐、温情，那是一种回到原始的自然感。

心灵寄语

旅行是愉快的。我们在旅途中，能够领略到心仪的风景，感受内心的向往。

在这篇习作里，作者记叙了从广州到湛江的真切感受，作者在成文思路方面，侧重点明确。

文章流露出欢快的心绪。开篇部分，"我"在黑夜里看到小小平房萌生的画面感有些诗意化。

作者在接下来的叙述中，省略了三点一线的事情交代，而是着重描述了湛江东海岛的海滩，这里的海滩上，被高温烘烤的白沙，很咸的海水等，给作者留下了深刻的印象。这儿的海鲜市场、鱼市场也别有特色。

文章在铺展过程中，作者对比广州和小城市，发现了小城市的特色。

收尾部分的叙述同起始部分相呼应，"我"在返回广州的车上别有一番感受。有星星陪伴的夜晚不寂寞。

这篇散文，侧重于回到湛江对家乡海景的描述，思路比较好。也可写写家乡的人，以使内容更丰富些。

5

想起一只叫奶牛的猫

旧 书

湖北/余丹夏

腹有诗书气自华。书是人类进步的阶梯，我们每个人的一生中都会看过不少书籍。步入书香四溢的书房，便能让我感受到浓郁的古典气韵。那一本本旧书是我多彩人生的积淀，而那本泛黄的书法字帖便勾起了我对童年的回忆。

外公是个爱看书的慈祥老人。外公有个习惯，每天中午吃过饭后，泡一杯清茶，小泯一口茶，翻翻书。我瞧见外公正全神贯注地看着一本破旧的书，手还不停地比划着，顽皮的我大胆走上前去，好奇地向外公发问："外公，这书都这么破了，怎么不买一本新的呢，新书看得不是方便些吗？"外公摸摸我的小脑袋，和蔼地说："这本书现在可买不到喽，你别看它破旧，这可是你舅舅、妈妈小时候练毛笔字用的呢！这是《颜勤礼碑帖》，是北京美术工艺出版社出版的，你舅舅和妈妈就是用这本字帖把字给练好的！"我惊喜地问外公："外公，同学们都说我的字写得丑死了，我要是用这本字帖是不是也能把字练好呢？"外公连声答道："可以呀，可以呀，每个周末我就教你练字怎么样？"

往后的每个周末，我都会到外公房里练字。外公先在纸上照着字帖写上样子，再告诉我笔划，外公耐心地一遍又一遍地教我，直至我写好为止。在外公的教导下，我的字渐渐有了长进，写得不像以前那么散了，笔画和结构也掌握得比较好了。老师和同学们都非常惊奇，称赞我的字能在短时间内练得这么好。随后，我参加了学校组织的书法比赛，获得了二等奖，开心的我拿着奖状又蹦又跳，同学们对我投来赞许的目光，爸爸妈妈连连对我竖起大拇指，夸我是个小书法家。

　　渐渐地，我有些飘飘然了，在我的"小小世界"里，我认为，我已经不用再练习了，因为我的字已经写得很好了。周末，吃过午饭后，外公把我叫到他的书房，他先是抚摸我的小脑袋，然后不慌不忙地拿出那本字帖，对我说："这本字帖就送给你了，以后你得自己学书法了，得自己悟。"接过字帖，我不以为然。紧接着，外公又说："这本字帖的后面有几则书法家的故事，你瞧见了没，外公这时给你读读怎么样？"外公读的是颜真卿小时候练字的故事，颜真卿练完字后洗笔，把一池的水都洗成墨色了，足见他的勤奋刻苦……

　　外公沉思片刻，然后意味深长地说："你看大书法家颜真卿小时候如此刻苦努力，一生探求钻研，活到老，学到老。而你现在就放松了学习，做任何事情都要持之以恒，要不断拼搏进取，才能不断进步。切不可半途而废，半途而废只会是前功尽弃。你自己好好想想吧。"此后，我更加刻苦练习书法，迫使自己改掉

贪玩自满的坏毛病。

外公送给我的那本旧书一直陪伴着我，这本《颜勤礼碑帖》是我的珍藏，我时常会翻开这本旧书，反复练习字的结构、框架。练完字后，我就品读后面的书法家故事，每一次练习我都会有一些进步，每一次品读，都会有一些感悟。

如今，外公已离我而去了，这本旧书似乎就是外公留给我的宝贵财富。这本"旧书"翻开了我人生的新篇章，为我的"人生之船"扬起了风帆，助我顺利驶向彼岸。

一本旧书，一份真情；一本旧书，一份感悟。旧书一本，至宝无价；旧书一本，受益一生。

心灵寄语

一生中能经常与书相伴，该是一件多么快乐的事情。

作者以回忆的笔触，紧扣文题，讲述了"我"与外公因一本旧书而发生的一些动人的往事。

作者通过人物的语言、神态和动作等细节描写，勾画出一位慈爱的、富有耐心的老人对晚辈的谆谆教导，生动、细腻的笔触让"外公"的形象变得鲜活起来，给读者留下了深刻的印象。

作者在平实流畅的叙述中，将"我"认真跟外公学书法，取得书法比赛二等奖，进而产生骄傲自满的情绪，而在外公及时的引导下，"我"又戒骄戒躁、认真学习的过程。讲述得很生动，情节叙述较为连贯，且富有一定的教益。

在这篇文章的结尾，作者紧扣文题，将"旧书"带给自己的影响和启迪明确点出，提升了文章的高度。文章在表述上如再简练一些，感觉会更好。

难忘的北戴河之旅

四川/孙澜潆

"大雨落幽燕，白浪滔天，秦皇岛外打渔船。一片汪洋都不见，知向谁边？

往事越千年，魏武挥鞭，东临碣石有遗篇。萧瑟秋风今又是，换了人间！"

曾经读过毛主席的这首《浪淘沙·北戴河》，就一直想去北戴河看一看海，看一看碣石，看一看秦皇岛。今年暑假，我和妈妈、小姨到了北京，便顺道去北戴河游玩。

这天，我们很早就起了床，一同坐车到北戴河。我迫不及待地朝车窗外望去，多么想看到梦寐以求的大海和沙滩啊！中午时分，我们终于到了北戴河。听导游讲，国家领导人就在这里度假哩！我们下了车，脱了鞋，赤着脚丫踩在软软的沙子上，感觉特别舒服。正午的海滩非常热闹，海水暖暖的，沙滩烫烫的。不知是哪个"水葫芦"一下子钻入水中，出水时，只见一阵浪花两对虎牙。海是多么的辽阔啊，它无边无际，望不见边。海，使人的心胸宽广了，让我们和它一起，欢腾起来了！

下午，我们到金沙湾沙雕公园玩。入园后，映入眼帘的是用海沙堆成的沙雕。这些沙雕奇形怪状，有的像一群群牛羊成群结队地在草原上悠闲地吃草，有的像一条条五彩的金鱼在水中游弋舞蹈，还有的则像一只只老鹰在天空中盘旋翱翔……金沙湾沙

雕公园不仅有引人入胜的沙雕，还有惊险刺激的人鳄表演。我们进入鳄鱼馆，看见一位驯兽师正在驯服鳄鱼。只见他在一条巨大的鳄鱼面前比划了一阵，就用自己的嘴去亲鳄鱼的嘴，然后把十张十元的钞票放进鳄鱼的嘴里，再用木棍把鳄鱼的嘴弄大一些，将自己的头伸进鳄鱼的嘴里，把钞票一一衔出来。驯兽师把脑袋伸进鳄鱼嘴里的时候，气氛很紧张，我们都屏声凝神，生怕鳄鱼闭嘴咬伤他。最后，驯兽师终于安然无恙地把头从鳄鱼嘴里伸出来，嘴里还衔着一张张纸币！顿时，全场响起了热烈的掌声。这时候，一位衣着漂亮的女子唱起了歌，她唱得娓娓动听，还学着男士的声音来演唱。我听得如痴如醉，沉浸在美妙的歌声中，久久不愿离开。

从鳄鱼馆出来，我们又到高尔夫球场去打球，我连打了几次，都只打到60米远的地方。还是妈妈厉害，她打了几杆，都打

得很远，正中目标。我们玩累了，就通过一座迷宫，到滑草场去滑草。轮到我了，我有一些紧张，又有一些兴奋。心想：会不会摔跤呢？我的心"砰砰"地跳着，又自己给自己打气：别怕，只要勇敢，就会成功！于是我轻轻地坐了上去，不知被谁推了一把，我一下子就滑了下去，只听见耳边风声呼呼作响，我的心里紧张极了，但也没有办法，只好顺着滑道往下飞奔。"车子"转了几个弯，才缓缓着陆。过了好久，我才清醒过来。回望弯弯曲曲的滑道，我的心里又充满了胜利的喜悦。

滑草固然好玩，但在海里畅游更有意思。我们按照导游的吩咐，换了泳衣，戴上泳圈，就下海了。我深一脚浅一脚地踩在海水里，试探性地往前走。妈妈和小姨都鼓励我，要我和大海来个亲密接触。我便纵身一扑，整个身体都融进了大海，但是我的动作有点"猛"，一下子呛了几口海水。海水特别咸，有点像血的味道。我躺在泳圈里，一波又一波的海浪向我袭来，我被打回了岸边。渐渐的，我脱离了泳圈的纠缠，独自在大海的怀抱里尽情地与浪花逗笑、游戏。黄昏时分，海面非常平静，可以看见许多人在沙滩上拾贝壳。沙子暖暖的，海水温温的。我真想做一粒沙子，或一滴海水，永远留在这个海的世界里。

晚上，我们坐在海边，吃着鲜美的海鲜，享受着惬意的海风。夜色里的大海，有些安静，有些朦胧，有些迷离。我们三个人都被大海深深地打动了。

第二天清晨，我们坐船观海。海上风平浪静，像一位风度翩翩的绅士正在晨诵。因为太早，海上笼罩着浓浓的雾，我们没驶出多远就回来了。天渐渐亮了，雾也渐渐散了，我们又坐快艇去眺望"老龙头"。快艇转弯的时候，一边高，一边矮，感觉要翻

了一样，不过，水手很自信，他一面镇静自若地操纵着方向盘，一面得意洋洋地看着我们惊慌的模样，似乎就是专门在我们面前炫耀他的"手艺"。原来，"老龙头"就是一座海上长城，很是雄伟，不过只有几百米罢了。其实，我想看看海岸边哪块石头是"碣石"？两千多年前，魏武帝曹操骑着一匹战马，来到北戴河岸边的碣石上，观赏着奔腾不息的"沧海"，"歌以咏志"，写下了著名的诗篇《观沧海》。我想他在看见这片海的时候，一定想到了很多很多，也一定在心中升腾起了一种大海般的力量。此次从大巴山远来北京，妈妈专门带我到北大、清华参观。我知道，妈妈是想让我积蓄力量、种下梦想。而我更想看的，是北戴河。因为这里，曹操来了，他横扫中原，用毕生的心血去实现统一中国的梦想；毛主席来了，他用热血和青春换来了崭新的中国！我默诵着他们的诗篇，眼前的大海似乎更宽了，天色也似乎更明亮了。在我的心里，一种信心和力量，像海浪一样腾击冲撞，使我有些摇晃了。

愉快而美妙的旅程就要结束了，我也该走了，可我并不想走。我在心里对它说："北戴河，再会了！我会再见到你的！"

心灵寄语

北戴河是著名的旅游避暑胜地，大海、沙滩、礁石和凉爽的海风，温暖的阳光，让人心旷神怡、思绪无限。

本文作者记录北戴河的游程，绘声绘色，非常细致生动，很有现场感，尤其是沙滩海岸的描述，更加传神，与鳄鱼馆的表演自成一种反衬，别有趣味。

亲吻着海浪与沙滩，与大海保持零距离的接触，身临其境，作者感知到大海的力量与情怀。

因为作者旅游时非常投入，所以本文写起来情绪饱满，情景交融，仿佛与大海融为一体，展开愉悦而放达的胸怀，自有一番自在潇洒。文笔自然畅快，轻松随意，信手拈来，富有生活情趣。

一根丝游离在你我之间

安徽/张娜

无聊时，便会坐在座位上，看着窗外的天空发呆，或是痴痴地盯着一本课外读物，眼神迷离，在心里数着豆蔻的青春。十六岁的花季，呵呵，它该是多么美好。儿时的痴梦中总会很羡慕比自己高一年级的学哥学姐，那张略显成熟的脸看上去真的很威风。我已好久不再会做着那种虚幻的梦，也不想再做。层层厚重的课本有的压得我透不过气来，在时间的罅隙中，更易让我想起你。

好想依偎在你的怀里大哭一场，然后你会用长满茧子的手在我脸上轻轻摩挲，为我抹去泪水。看着你怜爱的眼神，一切的伤心难过都会烟消云散，被路过的风吹走……

懵懂，好像已不再属于我。有些不舍，有些不忍心长大，是不是有些自私。长大了，应该懂事，应该有一定的承受能力。我却变得越来越容易感伤，越来越容易哭，你说，我是不是很不坚强？或许吧！我有时连打电话的勇气都没有，因为怕听见你的声音，染上距离的感伤，又怕自己不够坚强，忍不住会哭，怕你担心。所以只好在一条条短信中捕捉你的气息。

每次放假回家，我仍旧习惯和你睡一床。夜晚，我会用双臂环住你的腰，把头贴在你身上，听你熟悉的心跳。此刻，我会变得很安心，在紧张的竞争中终于能停下急促的脚步，聆听美妙的心声。那一夜，我会酣睡到天明，不会再被噩梦惊醒。

最喜欢吃你炒的土豆丝，不曾改变。土豆丝根根匀称，细细的，长长的，很是诱人。再放几个自家菜园中栽种的青椒，水分很足，新鲜的绿色让人充满食欲。等土豆丝炒得七分熟时，放入青椒，稍微加点醋和调料，一起翻炒片刻，即可起锅。我总是管不住肚子里的馋虫，只要那冒出的香气钻入鼻孔，马上便会用筷子夹起几根，放入口中，享受开饭前的美味。你便会笑着说，你呀，怎么还像个没长大的孩子，那些细如丝的皱纹也弯出完美的弧度。

我多喜欢你说我像个没长大的孩子，因为我真的不想长大。长大了，就必须面对那么多的人和那么多的事。而我，只想做单纯的孩童，和你过着单纯的日子。我知道，这又是一个痴梦，不过这是我以后会一直做着的痴梦。

短短的几天假期，每一次，我都会看着窗台上的时钟，计划好在时针游走之间该干些什么。我甚至不敢多睡，生怕时间在睡眠中溜走。无论我怎样小心地去珍惜它，呵护它，分别仍会无情来临。收拾好行装，又在路口等车。我不想让你送我，怕自己又会不坚强。你又何尝不是呢？不敢距离我太近，怕我发现你眼角的湿润。我也怕被你发现我的不舍，于是便处在矛盾之中，希望车子快点来，逃离分别的场面；又希望车子慢点来，那样我就可以再陪你一会，哪怕是一小会儿……

这个车站一直在演绎着悲欢离合。

在某一个不被注意的瞬间，我发现了你头上的第一根华发。细细的，如丝般闪烁着银色。第一次感到岁月的残酷、冷漠。无论多么伟大的爱都感化不了它，仍旧执著地把发丝用霜染成白色，留下它游走的痕迹。看着这根发丝，隐约的白刺痛了双眸，

失去了直视它的勇气，真的有些怯弱了。同时一种责任感油然而生，我问你如果我以后有能力你愿不愿意和我一起生活。自认为这是一个很郑重的问题，你却很自然地笑了一下说，以后再说吧，只要你过得好，我和你爸就知足了，若你过得不好，我们谁也不拖累。

我不禁哑然失语，是啊，我有什么资格许下承诺呢？不过以后我已知道怎么做，我一定会尽力完成这个曾经想许下的诺言。

一根丝游离在你我之间，紧牵着一世的浓浓深情。

这头是我，那头是你。

心灵寄语

暖暖的亲情在我们的血液里流淌，《一根丝游离在你我之间》叙述上委婉、含蓄，"我"喜欢吃你炒的土豆丝，文中细节描写生动、自然。作者对假期结束时离别心理的描述让读者产生共鸣。这篇散文叙说的多是小事，从娓娓道来中感知亲情的珍贵和生活的美好。真实感人，平凡的事中足见真情。

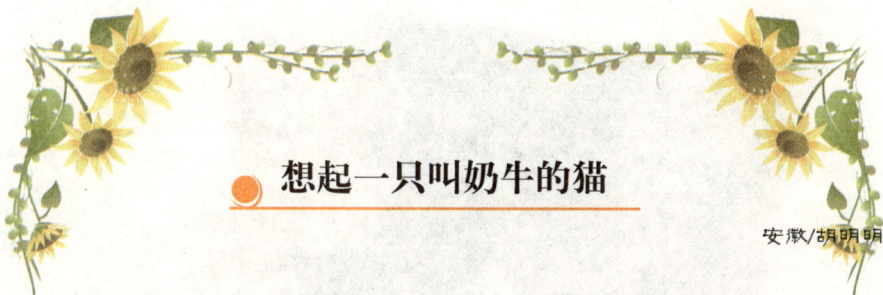

想起一只叫奶牛的猫

安徽/胡明明

奶牛啊，长得还真像一头奶牛，黑白的斑纹恰到好处地分布在它肥硕的身躯之上。它的尾巴很长，像一条黑色的长绳，总是不安分地扭动着。从它出现的那天起，它就占据了我的日记、作文以及生活的每个角落。

"妈，我今天看见一只猫耶！"

"哪只猫？"

"就是……就是长得很像奶牛的那只。"

第一次发现它是在一个雾色很重的早晨，那时阳光刚刚跃出漫长的黑夜，微露曙光，窗外的树叶上还挂着几滴露水。我走下楼，站在大平台上向远处望去。"喵——"咦，谁在叫？是老猫，还是小黄猫呢？我向四周看了看：数根长木斜靠在墙上，楼洞里空无一物。"喵——"我循着声音向前走去，在那堆木头后面发现一根摇摆的尾巴。哦，在这儿呀。我蹑手蹑脚地走近，却在长木前停住了脚步。还是去找邻居吧，这儿附近的野猫都由邻居照顾，她懂猫。可当我们再下楼时，它已不见了踪影，只是依稀可以听见猫的叫声，它在右边的花丛中探出脑袋，一片粉嫩嫩的花瓣恰好落在它的头顶上。呀，是新客人。小家伙，你可真像奶牛。我望着它，忽然笑了起来。

你就叫"奶牛"好了。

"奶牛好贪吃噢！"

　　中午吃饭后剩了一些鱼，于是连同一些饭拌了拌倒在纸杯里准备拿给奶牛吃。这已是春天了，午后的阳光总是暖暖的，让每一个细胞都尽情地呼吸，这样的时刻太适合躺在床上呼呼大睡。奶牛蜷着身子卧在一级高高的台面上惬意地睡着。那台面大约有2/3个课桌的大小，而它早已不是初见时那只弱不禁风的小不点了，它睡在上面几乎覆盖了所有的空间。

　　我将纸杯背在身后走下了楼，奶牛的耳朵突然竖起，我腾出右手摸摸它的脑袋，它坐起伸个懒腰，向我叫了几声便从台面上跳下绕到我的身后。"喵——"它望望我又看看美食在我身边不停地打转。馋猫。我把纸杯放在它的面前，它便一头扎进杯中，屁股不安分地扭动，它用前爪不停地拨弄着杯子。呀，失策了！那么小的杯子怎能装下它的大脑袋呀。耐不住它急躁的叫声，我急忙回家拿来了一个大纸盒将饭倒了进去。我捧起奶牛圆嘟嘟的脸，当然是在它风卷残云般吃完午饭之后。茸茸的阳光透过翠绿的新叶，恰好落在奶牛的身上。远远看去像一幅画，是生机也是幸福。

"奶牛的伤好了吗？"

奶牛长得愈发强壮了，它开始建立起自己的领土。在晚上时常可以听见野猫厮打惨叫的声音，那听起来绝不亚于狼嗥，总令人毛骨悚然的。奶牛会拖着伤来到楼梯口，不是少了几撮毛就是咬破了哪块皮，于是邻居总会拿来药水帮它涂抹伤口。那次它回来时没有照例叫上几声，只是静静地卧在邻居家的门前，原本焕发光泽的皮毛变得灰皱皱的，夹杂着土块和干硬的血迹。它走路时像是拖着一只后腿，但在它看见邻居时还会不停地走动。听说是骨折了，邻居费了九牛二虎之力才将这胖家伙送去了医院。几番折腾，它竟趁人不备冲出了箱子消失在人群之中。

此后一个月我都没有再看见它，直到在夏季的尾巴上，它"喵"的一声重现在众人眼里。它似乎已经好了，仍像从前一样自由而散漫地生活。

"妈，奶牛呢？"

"爸，我今天怎么还没看见它？"

一个多月了，奶牛去哪了？

每个冬天都格外紧张，生怕这些猫被捕杀，因为一到春天，总会发现少了几只猫。奶牛可以平安地躲过这个冬天吗？我不能保证，因为它太爱美食，也太相信所有的人。

然而一个冬天都过去了，我再也没看见它。

它，走了。

寂寥而繁华的春。

“我今天看见了两只猫好像奶牛噢。”

“奶牛，小奶牛们比你活泼多了，可它们总躲着我。”

“奶牛家族越来越庞大了，可我还是想你，奶牛。”

悲凄的冬。

“一、二、三、四……怎么少了一只奶牛？”

“奶牛之一受伤了，现在待在邻居家。”

……

又是春。

“大院，看不见几只猫了。”

是啊，以前每到中午和晚上门前总会聚着许多猫，可如今猫去楼空，少了些许人间的气息。

每天放学上楼时，总会被守在邻居家门口的猫吓着。我一声尖叫，它们一溜烟跑掉，分不清是谁吓了谁。

我总会习惯性地摸摸奶牛沉睡中的脑袋。

而今，却一无所有。

天渐渐黑了，如血的残阳拼尽全力将起伏的人间照个通透，我呆望着，想起一只叫奶牛的猫。

我想，它或许是因为生病而离开的。那样，在它生命的最后一刻，至少还记得人间那一丝尚存的美好。

心灵寄语

这篇文章写得很真实，不管是情感还是细节上，表现都很自然生动。我也很喜欢这只猫的名字，喜欢这篇文章的名字。因为它摆脱了许多写猫的文章的题目：我家的猫，思念猫等比较直白的题目。

这篇文章因为名字的特别而多了许多现场感与浓浓的情感。一只猫叫"奶牛"，"奶牛"从出现到消失，在"我"心里都留下了非常深刻的印象。一个简单的过程，因为文章出现的几个亮点，而显得独特而神秘。

如果作者能补充一些与"奶牛"有关的故事，细节等，让文章的内容更加丰富一些，让"奶牛"的个性更加突出一些，特别是"我"与"奶牛"的故事更加多写一些，会更有意思。

暑假里的七天美好时光

河北/胡瑞猛

学习篇

我们这次去北京的一个主要目的就是去参加中国少年作家班第十八届面授学习班，由肖复兴、孟翔勇、庞俭克和王慧勤等老师为我们解决一些在写作上常出现的问题，包括苏牧老师为我们讲解影评。

其中我受益最多的是肖复兴老师的讲解，从他那语重心长的讲解中，我懂得了要有忧患意识、写自己的东西以及阅读比写作重要。写作的四大诀窍是：细观察，多阅读，勤思考，重实践。书有有字与无字之分，有字的书就是要读好书、读经典；无字的书就是读人、读生活、读大自然。

读书和写作是为了鼓励我们除去心灵的空白，我们写作不一定都能成名成家，但希望成为会写诗、会写小说的科学家、政治家。三、四年级开始写作文，是为了孩子的成长。

中小学生在写作上的问题就是分不清叙述和描写，描写比叙述重要，产生关系就是描写，产生不了关系就是叙述。描写心情、语言、动作，通过交流产生的回合，产生的起伏，就是描写；描写讲回合，就是层次，一层一层的升华，就会产生精彩的描写。老师在讲课的时候，同学们都忙着做笔记，生怕漏下一点。

肖复兴老师绘声绘色地给我们讲解叙述和描写时，还举了几个例子，其中还包括几个学生的作品，形象地指出了叙述与描写的不同，更让我们懂得了叙述只是结果，描写才是过程，写作时时间、地点、人物要统一。

孟翔勇老师给我们讲课的时间虽然不长，但还是给我留下了深刻的印象，他教我们如何分别借鉴与抄袭；还有苏牧老师教我们如何正确写影评。

如果说听肖复兴老师的讲课如大海澎湃，那王慧勤老师的讲课就如婉约清新的童话世界。

王慧勤老师说，我们现在的写作犹如河流从源头开始，慢慢流入大海，我们定要保持源头的干净。平时要多写日记，有灵感要马上记录下来，积累到一定程度时要沉淀、雕琢。善于发现、用心思考，闭上眼睛，用心去体会、感受。记录每天的所思所悟，眼睛就会慢慢打开。散文需捕捉细节，细节是血肉，其他是

骨架，要抓住特点、风格、历史文化的不同，人物要抓住人的性格、细节，突出事件。

庞俭克老师以他多年的审稿经验，告诉我们投稿技巧和作为小作者的写作精神。我都一一谨记，丰富大脑。谢谢老师们了。

游玩篇

每当我们出发，都会是统一的着装。中国少年作家班的标志就在我们的旗帜上和我们的服装上体现，走到每一处，我们都是一道独特的风景线。二十四号上午我们在故宫领略中国古代皇宫的气势和尊贵；二十七号漫步天坛公园和自然博物馆，还有王府井的神奇和繁华。

我最喜欢的是二十五号的安排。早晨，天空还是灰蒙蒙的，太阳害羞地藏在灰云后面，我们跟随着大部队来到欢乐谷，这里是孩子们的天堂，我们要在这里畅玩一整天。在门口，辅导老师交代注意事项与中午、晚上的吃饭地点，我的人虽在这里，可我的心早已飞进了欢乐谷里，老师说的话我一句也没听见，最后还是妈妈告诉我，晚上9点集合，中午与晚上在"香喷喷"吃饭。

一进去，就开始下毛毛细雨了，不过这丝毫不影响我们的情绪，哼着小曲，与朋友们往奥特赛之旅的方向

前进（其实就是激流勇进），一共是两个滑坡，一高一低，那种攀登的等待和一冲而下的痛快，就一个字"爽"。哈哈！大家被淋得像落汤鸡，为了甩干，我们又去玩了特洛伊木马，被转得是天地倒置，衣服也没干。花镜漂流——坐着船舒舒服服地游览园内的景色，本来以为是很惬意的事情，可半路也有流水的袭击、恶搞。2D情景剧《真假博士》又把我们带入了美轮美奂的童话世界……

　　时光如梭，光阴似箭，转眼来到了中午，吃饱午饭后在园内闲逛时，一场激烈的"水之战斗"开打了。起因是杨承志买了一个喷水筒，他恶作剧一般朝一个小孩喷了一筒，小孩不服气，叫上他的三个"弟兄"手持喷水筒冲了上来。两个小孩在前面，在杨承志面前跑过去时，把藏起来的喷水筒打出来，朝杨承志打了一筒后飞快地跑了，一边跑一边朝后做鬼脸，一副终于报了仇的样子，就当杨承志放松警惕时，另外两个孩子从他身后跑过，

又喷了两筒，此时的杨承志已经变成了落汤鸡。他大喊道："老虎不发威，你当我是Hello kitty啊！"他还叫上王雪瑞一起上，但对方人多，他们最后只好逃进了商店，那狼狈的样子叫人想不笑都难。对方在门口死守，李论想到了一个好方法，我们往外一射正好射中对方的一个队员，他们刚往里射，店主大喝："喂，别往屋里射！"我们都忍不住，哈哈大笑起来。化妆会又开始上演了，杨承志头戴大草帽，肩扛宝剑，活脱脱一个大使；我也拿起一个魔法师帽，把法器一挥；袁开颖、李论、马慧卓然带上猫耳、大蝴蝶结宛如三姐妹，玩得不亦乐乎。之后我们又朝雪域金翅、天地双雄和鬼屋出发了。

晚饭后，本来妈妈要去看歌舞剧《金面王朝》的，园内到处都是关于它的海报，可是大伙意见不统一，妈妈也只好又跟着我们当跟班去看极限运动。

极限运动是三个外国的哥哥表演赛车和旱冰鞋，他们的速度、旋转都超有技术含量。场地两边高高的挡板墙还有中间放置的高低木桥，在他们的眼里都成了完成花样的道具而已，一点障碍和危险性都没有。太精彩了！在他们退场之后，我们意犹未尽，徒步想通过奔跑爬上那挡板墙，实在也不是一件容易的事情，我们乐此不疲地尝试失败和偶尔一次成功带来的痛快。

离集合的时间还有一会儿，就去了在门口不远的KFC喝东西，玩起了"杀人游戏"，没有牌，我们就拿纸写，更有意思了。时间一晃就过去了，到了该集合的时候了，我们恋恋不舍地挥手告别欢乐谷，又过了一天，这天过得充实愉快，与朋友之间还加深了友谊，这一天，我喜欢。

朋友篇

朋友当然是越多越好，我这种外向的性格当然少不了朋友，上面提到的李论、袁开颖、马慧卓然、杨承志、王雪瑞都是我的朋友，当然还有戴嘉豪、吴一波、戴领……

我们的相识还要从"1313脑残俱乐部"说起。

来到北京的第二天晚上，我正在洗澡，突然传来了敲门声，只能让妈妈开门，我洗完后妈妈告诉我一个小孩让我去1313房打牌，我还巴不得有这样的好事，我穿上衣服，来到1313号房门前，敲了敲门，一个个子不高，微胖，脸上洋溢着笑容的小男孩给我开了门，还热情地喊道："欢迎来到1313脑残俱乐部。"我当时蒙了：怎么起这么个名字？

进去后发现屋子里算上我也只有4个人，小男孩又跑去叫人，说要玩"杀人游戏"，听得我毛骨悚然。不久他就回来了，

还带回了3个人，一个个子高高的瘦瘦的，头戴一顶红色帽子的男生——李论；一个剪了蘑菇头，皮肤较黑的女生——袁开颖；还有一个皮肤很白，带着假牙套的女生——马慧卓然；之后又来了两个男生——王雪瑞和杨承志……

之后的每晚我们都要玩"杀人游戏"，有意思的是别音和口误，女巫变旅巫，情侣变情女，每每都是村民获胜，狼人总被欺负，每晚都不知不觉中就玩到了11点；还有一次，杨承志不在，我们拍了两个视频，颠覆热播大剧《还珠格格Ⅰ》《还珠格格Ⅱ》，最后他们在剧中的名字居然代替了他们本名，比如容嬷嬷、紫薇格格……搞笑至极。视频约定好回家传给我们的，可至今还在编辑传送中。

虽然我们相识在北京的时间很短，可是我的眼前总还是浮现出他们的一张张笑脸，也许是我们之间的友谊已经非常深了吧，不过不用担心：我们明年总还会相见……

分别篇

时间被剪刀一刀一刀地飞快剪掉，转眼七天过去了，和朋友们度过美好的时光。晚上的联欢会同学们明显都不在状态，不过大家也都强迫自己咧开嘴巴，努力地笑。那巨幅的签名现在还在

我眼前不停地呈现，上面不单单记录了大家的名字，它还承载了我们一起丁丁当当、欢歌笑语的北京之行的记忆和明年再相聚的郑重承诺。

老师们、朋友们，我现在就已经开始想你们了……

心灵寄语

在北京学习、游玩的时光令人难忘。

在这篇文章中，作者按照学习篇、游玩篇、朋友篇、分别篇有条不紊地叙述了在京参加面授学习期间的状况，叙述得详略得当，各有侧重点。

在"学习篇"这一部分，作者对肖复兴老师传授的写作诀窍以及如何分清叙述与描写，介绍得比较详细，同时把会场上营员做笔记、积极发言的一幕幕勾画出来。文中运用行动、神情描写表现出同学们敢于发言、急切地表达自己想法的情形，很形象。其他老师的讲课也给学员们留下了深刻印象。

"游玩篇"这一部分，作者省略了去故宫、天坛等景点的描述，具体地描述了到欢乐谷游玩的经历。"我"和杨承志等同学的"水之战斗"，则表现出营员在一起玩耍的快乐。许是时间安排的原因，文中对亲身体验的运动项目描述较少。"朋友篇"则具体地交代了发生在1313房间的故事，很有趣，显现出少年在一起玩耍的愉悦。

在这篇文章中，作者把自己在面授期间的学习、游玩的感受真实地记述下来，铺展自然，令人回味。从中能够感受到营员间真挚的感情。